ANIMAL FARM

George Orwell

动物农场

[英] 乔治·奥威尔 著 苏福忠 译

中国友谊出版公司

图书在版编目（CIP）数据

动物农场 / (英) 乔治·奥威尔著 ；苏福忠译. -- 北京 ：中国友谊出版公司，2016.11（2025.6 重印）
书名原文：ANIMAL FARM
ISBN 978-7-5057-3909-3

Ⅰ. ①动… Ⅱ. ①乔… ②苏… Ⅲ. ①中篇小说－英国－现代 Ⅳ. ①I561.45

中国版本图书馆CIP数据核字(2016)第268239号

书名 动物农场
作者 [英] 乔治·奥威尔
译者 苏福忠
出版 中国友谊出版公司
发行 中国友谊出版公司
经销 新华书店
印刷 唐山富达印务有限公司
规格 880毫米×1230毫米 32开
6.25印张 110千字
版次 2017年5月第1版
印次 2025年6月第15次印刷
书号 ISBN 978-7-5057-3909-3
定价 39.80元
地址 北京市朝阳区西坝河南里17号楼
邮编 100028
电话 (010) 64678009

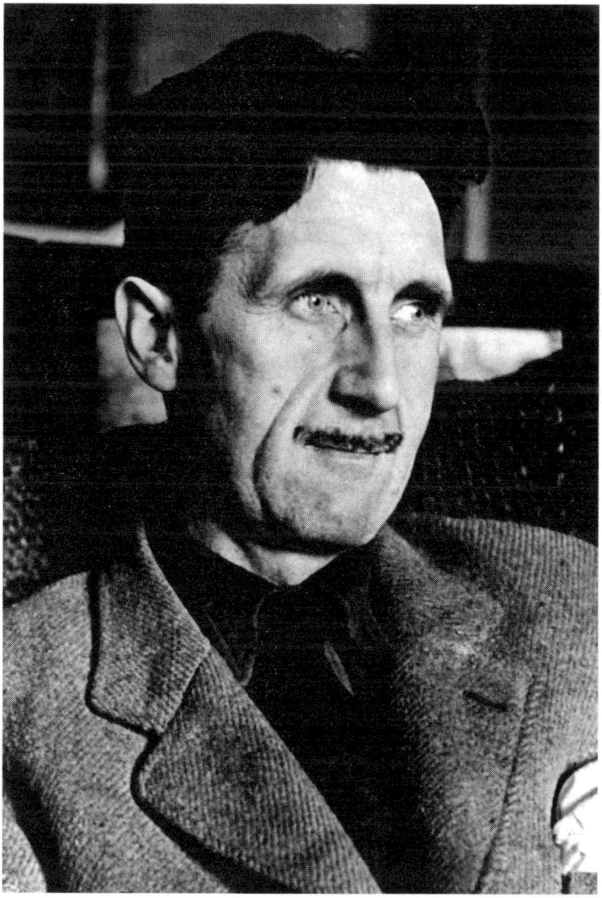

George Orwell

乔治•奥威尔（1903—1950），
英国伟大的人道主义作家、新闻记者和社会评论家，
著名的英语文体家。

无论过去还是将来，所有动物都是平等的！

目录

动物农场

奥威尔经典散文

ANIMAL FARM

动物农场

第一章

庄园农场的琼斯先生，已经把鸡舍锁上过夜，但是琼斯先生喝得醉醺醺的，忘记把各个出入小口关上了。他手提的灯笼照出一圈光亮，东晃西晃的，他一路打着趔趄走过院子，在后门边把靴子磕下来，把洗碗间的啤酒桶里最后一杯啤酒一口气灌下去，摸索着上了床，而琼斯太太早已鼾声大作了。

卧室的灯光刚刚熄灭，农场的各个建筑物里就响起一阵骚动和慌乱。白天流言四起，说那个老少校，就是那头中白获奖公猪，前一天夜里做了一个奇怪的梦，希望说给别的动物听听。大家已经说好，单等琼斯先生确实不碍事了，所有的动物就在那个大仓房聚集。老少校（他已经这样被人叫惯了，其实他当初参展时的名字是“威灵顿美猪王”）在农场里德高望重，大家都十分乐意少睡一个小时，听听他要说些什么。

在大仓房的一端，一个台子高出一截儿，老少校已经安坐在他的麦秸床上，头顶的横梁上吊下来一盏灯。他年过十二岁了，近来发福得矮胖矮胖的，不过他看上去不减当年，依然是一头威严十足的猪，智慧而仁慈的容貌，尽管他从来不打磨他的大獠牙。没过多久，其他动物都开始到来，按照各自的习性，舒舒服服地把自己安置好。最先到来的是三只狗，布鲁贝尔、杰西和平彻，然后是猪们，立即在台子前面的麦秸上卧下来。鸡们栖息在窗台上，鸽子们扑棱棱地飞到了椽头上，羊们和牛们先后卧在了猪们后面，开始倒嚼。那两匹拉车马，博克塞和克洛弗，一起走进来，走得非常缓慢，长毛散披的大蹄子迈得异常小心，生怕踩住麦秸里藏匿的什么小动物。克洛弗是一匹矮胖的做母亲的牝马，已到中年，自从生下第四匹小马驹后就再也没有恢复她的身段。博克塞是一匹体格魁伟的牲畜，差不多十八手[①]高，如同两匹普通的马加在一块儿一样强壮有力。他鼻子上有一道白色条纹，这让他看起来有几分愚蠢样儿，而实际上他也不是一流脑子，但是他赢得了广泛的尊重，因为他性格沉稳，干起活儿来力大无穷。这两匹马的后面是缪里尔，那只白山羊，还有本杰明，那头驴子。本杰明是农场上最老的牲畜，也是脾气最坏的家伙。他很少开口说话，一旦他开口讲话了，通常都是些冷嘲热讽的风

① 一手宽大约等于十厘米，用来丈量马肩胛处的高度，十八手大约一米八。

凉话，他往往会说上帝赐予他一条尾巴抽打苍蝇，但是宁愿世上没有尾巴，也没有苍蝇。他在农场上的动物中间独来独往，从来不笑。如果有人问他为什么闭口不笑，他说他看不到世上有什么可笑的东西。尽管不愿公开承认这点，可他确实对博克塞没有二心；这两位通常都在一起消磨星期天，待在那边果园的那个小围场里，形影不离地吃草，从来不开口说话。

两匹拉车马刚刚卧下，一群与母亲走散的小鸭子，一只接一只走进仓房，弱声弱气地啾啾叫唤，东撞撞西闯闯找个没人能踩踏着他们的地方。克洛弗用他那大前腿给小鸭子们遮挡起一道墙，他们便乖乖地待在里面，很快就睡着了。最后时刻，莫丽出场了，傻傻的，很标致的白色牝马，专门为琼斯先生拉轻便马车，只见她走碎步，摆弄腰肢，嘴里还嚼着一块糖。她在很靠前的地方占了个位置，开始卖弄她那白色马鬃，摇来摆去的，吸引人欣赏与马鬃编在一起的红彩带。给大家殿后的是那只猫，一如往常，四下打量，寻找最暖和的地方，最后挤在了博克塞和克洛弗中间；老少校讲话期间，她始终满足地在打呼噜，老少校讲了些什么，她只字未听。

现在，所有的动物都到齐了，只有那只驯养的乌鸦摩西未到，因他还在后门高处睡觉呢。老少校看见大家都各就各位，聚精会神地等待，便清了清嗓子，开始说道：

“同志们，你们早已经听说过我昨天夜里做的那个怪梦了。

不过呢，我要等会儿才讲这个梦。首先，我要说些别的事情。我想呢，同志们，我和你们在一起活不了几个月了，在我死之前，我觉得我有责任把我所获得的智慧传授给你们。我活了一个大岁数，一个人待在圈里时有很多时间思考，我想我可以说我很了解这世上生活的本质，不比现在活在世上的任何动物逊色。我希望对你们讲一讲的，就是这个话题。

“现在，同志们，我们的这种生活的本质是什么呢？让我们直面一下好了：我们的生活是悲惨的，辛苦的，短命的。我们来到这个世界，我们得到的食物只够维持我们肉体的一口气，而我们中间那些能够将就这种生活的人，就被迫去干活，直到累得我们只剩最后的一丝力气；一等到我们没有用处了，卸磨杀驴，我们就被惨无人道地屠宰了。英格兰的动物都知道，他一旦够了一岁，就不知道幸福或者清闲是什么滋味了。英格兰的动物没有自由。动物的生活是苦难，是奴役：这就是显而易见的真相。

“可是，大自然的秩序难道就是这个样子吗？这只是因为我们的这片土地贫瘠不堪，无法维持生活在这片土地上的人们一种体面的生活吗？不，同志们，一千个不是，一万个不是啊！英格兰的土壤是肥沃的，英格兰的气候是适宜的，英格兰能够为远比现在栖息在这里的数量更庞大的动物提供充足的食物。我们这一个农场，就能养活十二匹马、二十头牛、数百只羊——而且保证让他们都过上一种舒适的有尊严的生活，现在我们几乎很难想象那幅美景。那么，我们为什么一直生活在这种悲惨的现状里呢？这是因为，我们劳动所得的全部果实几乎都被人巧取豪夺了。所以，同志们，这就是我们种种问题的答案。总结起来一个词儿——人。人是我们面对的唯一真正的敌人。从舞台上把人赶走，饥饿和劳役的根源就会一劳永逸地废除。

“人是唯一只消耗不生产的东西。人不生产牛奶，人不下蛋，人弱不禁风拉不动犁，人奔跑不快逮不住兔子。然而，人是所有动物的老爷。人强迫动物们干活儿，却只给他们仅仅不让他们饿死的最低限度的食物，剩余的物质都独享了。我们的劳作耕耘了土地，我们的粪便肥沃了土地，可是到头来我们无一不是只剩皮包骨了。你们这些在我眼前的牛们，你们去年一年到头要贡献多少牛奶啊，成千上万加仑都远远不止吧？这些本应该喂养结实的牛犊的牛奶都哪里去了？每一滴牛奶都喝到我们敌人的喉咙里去了。你们母鸡们，今年你们下了多少蛋了，又有多少蛋用来孵小鸡了？剩余的鸡蛋都送到市场上，给琼斯和他的雇工还钱去了。还有你，克洛弗，你生养的四匹小马驹哪里去了，他们本应该为你颐养天年、带来欢乐的吧？每一匹马驹长到一岁就被卖掉了——你再也见不到他们，一匹都见不到了。而你先后怀胎四次，在地里一天到晚卖苦力，除了得到那份配额和马厩，你还得到什么了？

“就连我们过的这种悲惨生活，都不让我们活个寿终正寝的寿数啊。比如说我自己吧，本没有什么可抱怨的，因为我是一个幸运之人。我活了十二岁，生育了四百多个孩子。这才是一头猪的自然生活。然而，没有哪个动物到头来躲过那把残忍的利刀。你们这些坐在我面前的年纪轻轻的膘猪们啊，不出一年，你们无一例外地都会在砧板上为命丧黄泉吱哇乱叫。我们在场的所有人都必须面临这种恐惧——牛们、猪们、鸡们、羊们，谁都躲不过啊。就连马们和狗们也不会有更好的命运。就说你，博克塞，等到你一身大肌肉失去力量的那天，琼斯就会把你卖给那个收拾老弱病残的屠夫，他会割断你的喉咙，开水煮烂你喂那些猎狐狗。说到狗们呢，等他们老迈年高，牙齿脱落了，琼斯会给他们脖子上拴上一块砖，沉入附近的池塘里淹死。

“那么，同志们，真相再明白不过了，我们生命的一切罪过难道不都是来自人这个暴君吗？只有摆脱了人，我们劳动的成果才能归我们自己所有。至多不过一个夜晚的工夫，我们就能变得富有，自由。那么，我们必须干什么事儿呢？嗯，不分昼夜地工作，全身心地投入，为了推翻人类！这就是我传达给你们的福音，同志们：造反！我不知道造反什么时候到来，也许要一个星期，也许要一百年，但是我知道，如同我看见我蹄子下的麦秸一样确信无疑，正义迟早会到来的。你们的两眼紧紧盯住这点，同志们，人生苦短，时不我待啊！务必记住，把我的这一福音转达给你们的后来人，让未来一代又一代的动物坚持斗争，直到胜利。

“而且务必记住，同志们，你们的决心千万不能动摇。任何分歧都千万别引向歧途。千万别听信他们，说什么人和动物有共同的利益，一方兴旺发达了其他人也会跟着兴旺发达。这都是谎言。人只为自己打算，不会为别的任何动物的利益着想。在我们动物中间，进行这次斗争务必精诚团结，志同道合。凡是人都是敌人；凡是动物都是同志。”

这时，一场巨大的混乱突然发生了。原来老少校讲话期间，四只大老鼠从他们的洞里悄悄爬出来，正襟危坐，聆听他讲话。狗们一下子看见了他们，多亏老鼠们腿脚利落，一下子冲进了他们的洞里，躲过一劫。老少校举起了他的蹄子，示意保持安静。

“同志们，”他说，“有一个难点必须解决。那些野生动物，比如老鼠和兔子——他们是我们的朋友还是我们的敌人？让我们投票解决这个问题吧。我把这个问题提交大会表决：老鼠是同志吗？”

表决立即进行，压倒性多数同意老鼠是同志。只有四票反对，就是那三只狗和那只猫，不过事后发现猫既投了赞成票也投了反对票。老少校继续说：

“我还有几句话要说。我只是强调一遍，永远记住你们对人及其一切行为方式都怀有义不容辞的敌意。凡是两条腿走路的，都是敌人。凡是四条腿走路的，或者展翅高飞的，都是朋友。还要记住，和人做斗争，我们切不可模仿他们。即便我们征服了他们，我们也不能采取他们的那些恶行。凡是动物都千万不能住在房子里，也不能睡在床上，也不能穿衣服，也不能喝酒，也不能吸烟，也不能动钱，也不能做买卖。人的一切习惯都是邪恶的。而且，首要的是，凡是动物都务必不能实行暴政，践踏同类。弱也好，强也罢，聪明也好，简单也罢，我们都是兄弟。凡是动物都不能杀害别的动物。所有的动物都生而平等。

“现在，同志们，我来讲讲我昨天夜里做的那个梦吧。我无法向你们描述那个梦。那是一个关于人消失后地球会是什么样子的梦。不过，这个梦让我想起来某件很多年前忘记的事情。很多年前，我还是一头小猪，我母亲和别的母猪们，经常唱一首古老的歌，她们只知道那首歌的曲调和开头的三个词儿。我很小的时候记住了那个曲调，但是我早忘记到爪哇国了。然而，昨天夜里，那曲调在梦中回到了我的脑海。更有甚者，那首歌的词儿也都记起来了——我敢肯定，那些词儿是很久以前动物们所唱的，消失在好几代人的记忆里了。我现在就给你们唱唱这首歌，同志们。我老了，我的嗓音沙哑，但是等我把曲调教会你们，你们会比我唱得更好。那首歌名字叫《英格兰动物之歌》。”

老少校清了清嗓子，开始唱起来。正如他所说，他的嗓子沙哑了，但是唱得很好听，是一首让人心潮澎湃的歌，类似《克莱门廷》和《拉·库库拉查》。歌词是这样的：

英格兰的动物们，爱尔兰的动物们，

每一地每一隅的动物们，
请聆听我鼓舞人心的消息，
金色未来时代的大好消息。

那一天或迟或早要来到，
人这个暴君终会被推倒，
英格兰硕果累累的田地，
将会由动物们独自来去。

我们鼻上的铁圈会消失，
我们背上的鞍具会揭去，
嚼子和马刺会永远生锈，
残忍的皮鞭不会再狠抽。

富足在脑海里想象不到，
麦子大麦燕麦还有牧草，
苜蓿豆子更有糖萝卜，
都是我们日常的食物。

阳光会照耀英格兰田野，
英格兰的水会更清洁，

英格兰的风会更适宜，
在让我们自由的日子里。

为这天我们必须苦干，
就是死也要盼着那天；
牛们马们鹅们与火鸡，
为了自由大家找苦吃。

英格兰的动物们，爱尔兰的动物们，
每一地每一隅的动物们，
请聆听我鼓舞人心的消息，
金色未来时代的大好消息。

这首歌的领唱，让动物们一下子激动起来，兴奋不已。老少校还没有把歌唱完，动物们就自己开始唱起来。即使愚不可及的动物也早学会了曲调和几个词儿，至于那些聪明的动物，比如猪们和狗们，几分钟里就把整首歌背下来了。然后，经过几次预唱，《英格兰动物之歌》响彻整个农场，整齐划一。牛们哞哞地唱，狗们汪汪地唱，羊们咩咩地唱，马们咴儿咴儿地唱，鸭子们呱呱地唱。他们对这首歌从心底里喜欢，一口气连续唱了五遍，而且如果不是被打断了，他们也许会唱个通宵。

很不幸，震天响亮的歌声把琼斯先生吵醒了，他一跃从床上爬起来，满以为院子里有一只狐狸。他抓起一贯放在卧室一个角落里的猎枪，向黑暗中砰砰连放了六枪。子弹穿进了仓房的墙壁，会议仓皇地解散了。大家纷纷逃向各自睡觉的地方。家禽钻进他们的窝里，牲畜们在麦秸上卧下，整个农场瞬间进入了梦乡。

第二章

三个夜晚过去，老少校在睡梦中平安仙逝。他的尸体被埋在了果园的墙脚下。

这事发生在三月初。在接下来的三个月里，秘密活动十分频繁。老少校的讲话给农场里脑子更好使的动物们指明了一种全新的生活前景。他们不知道老少校预言的造反什么时候揭竿而起，他们也没有理由认定他们自己有生之年就会发生，但是他们清楚地看到，为造反做准备是义不容辞的。教导和组织别人的工作自然而然地落在了猪们的身上，因为他们普遍地被认为是动物中最聪明的。在猪群里出类拔萃的是两只年轻的公猪，一只名叫斯诺鲍尔，一只名叫拿破仑，琼斯先生好生喂养他们是为了卖钱的。拿破仑是一只体格硕大、长相狰狞的伯克郡公猪，也是农场唯一一只伯克郡猪，平素不大爱说话，但是以凡事自有主张而出名。斯诺鲍尔比起拿破仑来，则更加有活力，讲话快言快语，更爱别出心裁，但是大家认为他性格不如拿破仑沉稳。农场上所有别的公猪都是膘猪。他们中间名声在外的是一只小肥猪，名字叫斯奎勒，团团脸，不停眨巴的眼睛，举动十分敏捷，嗓音吱儿吱儿的。他是一个杰出的名嘴，当他争辩某个难点时，他惯于东一榔头西一棒槌，小尾巴甩得嗖嗖响，颇具说服力。别人都说斯奎勒能把白的说成黑的。

这三只猪已经把老少校的教导精心整理成了一整套思想体系，他们对此冠以“动物主义”之名。一星期几个夜晚，等琼斯先生睡下，他们都在仓房举行秘密会议，把动物主义的各项原则向其他动物灌输。一开始，他们遭遇了不可理喻的愚蠢和冷漠态度。一些动物还大谈忠于琼斯先生的责任，他们宁愿把琼斯视为“主子”，或者说一些老掉牙的滥调，什么“琼斯先生养活了我们。如果他被赶走了，我们就要饿死了”。还有一些人问到这样的问题：“我们死都死了，还关心身后会发生事情干什么？”或者“如果这次造反好歹要发生，我们为之工作不工作有什么区别呢？”而猪们费尽口舌磨破嘴皮要他们明白，这种态度是和动物主义背道而驰的。所有的愚不可及的问题都出自莫丽之口，那匹白牝马。她向斯诺鲍尔提问的第一个问题竟然是：“造反之后还有糖吃吗？”

“没有，”斯诺鲍尔断然否定道，“我们农场上没有做糖的工具。另外，你也不需要糖了。你有的是燕麦和牧草，你尽管吃就是了。”

“我还可以被允许在马鬃上戴红彩带吗？”莫丽问道。

“同志，”斯诺鲍尔说，“你这样痴情的红彩带其实是奴役的标志。难道你不明白自由比那些红彩带价更高吗？”

莫丽同意了，但是听她的话音好像根本没有转过弯来。

猪们对付摩西——那只驯养的乌鸦——的谎言，是一场更加艰苦的斗争。摩西是琼斯先生特别上心的宠物，是一个间谍，搬弄是非的老手，不过也是一个花言巧语的名嘴。他宣称知道名叫“冰糖山”的神秘之乡确实存在，动物们死后都要到那里去。冰糖山就在天堂的某个地方，与云彩有那么一点距离，摩西如是说。在冰糖山里，一个星期有七天都是星期日，苜蓿草一年四季都有的吃，方糖和亚麻糕点就长在树篱上。动物们憎恨摩西，因为他只讲故事，不见行动，不过一些动物相信冰糖山确实存在，猪们不得不费尽口舌，要他们相信根本就没有那样的地方。

他们最忠诚的信徒是那两匹拉车马，博克塞和克洛弗。这两位自己琢磨点什么很困难，但是一旦接受猪们做他们的老师，他们就对猪们所教授的一切悉数接受，通过简单的辩词传达给别的动物。他们对仓房举行的秘密会议从不缺席，随叫随到，还带头领唱《英格兰动物之歌》，因为这些会议结束时必唱这首歌。

话说事情该来就来了，造反早早获得成功，简直是轻而易举，大大超乎大家的预想。在过去的几年中，琼斯先生虽然不愧为一个严厉的主子，堪称一个治理有方的农场主，但是近来他命运不济，倒霉的日子连连。在一场官司里输掉一大笔钱后，变得心灰意冷，与酒为伴，没有节制。有时，他会整日整日地赖在厨房那把温莎扶手椅子里，读读报，喝喝酒，偶尔还用蘸过啤酒的面包皮喂喂摩西。他的雇工磨洋工，耍奸猾，田地里长满了野草，房屋需要修理屋顶，树篱没有人修剪，动物们饥一顿饱一顿。

六月到了，牧草眼看就该收割了。在施洗约翰节[①]前夕，正好是一个星期六，琼斯先生到威林登镇办事，在红狮酒馆喝得酩酊大醉，没有回来，到了星期日中午才回了家。雇工们一大早就给奶牛挤过奶，然后就外出打兔子去了，没有心思给动物们喂吃喂喝。琼斯先生回家后躺在客厅的沙发上马上睡着了，《世界新闻报》盖在脸上，因此等到黄昏时分，动物们还没有人上草上料。终于，他们忍无可忍了。一头奶牛用角拱破了仓房的门，所有的动物开始从仓房里纷纷夺路而逃。正当此时，琼斯先生醒了。紧接着，他和手下四个雇工手拿鞭子赶到仓房，大打出手，四下出击。这下饥肠辘辘的动物们再也忍受不下去了。尽管事先没有周密计划，但是他们不约而同地纷纷扑向抽打他们的人。琼斯和他的雇工突然发现他们遭到了围攻，被角抵，挨踢蹬，防不

① 六月二十四日，英国四个结账日之一。

胜防。形势急转直下，他们控制不了局面了。他们过去从来没有看见动物们这样表现，这些牲畜过去习惯蹂躏和鞭打，好像是自甘领受，这下突然揭竿而起把他们吓得灵魂出窍。仅仅支撑了一两分钟，他们就放弃对抗，进行自卫，随后转身就跑。不大会儿，他们五个人全都夺路逃命，顺着车道逃往那条大路，身后动物们紧紧追赶，取得胜利。

琼斯太太从卧室窗户向外张望，看见了正在发生的一切，急匆匆地把几件随身物品扔进一个旅行袋，从另一条路溜出农场。摩西从栖息处飞起，扑棱着翅膀跟在她身后，喳喳叫唤。同时，动物们对琼斯和他的雇工穷追不舍，只见他们逃到马路上，把身后五根木栏大门砰然关上。就这样，他们还没有弄清楚究竟发生了什么事情，造反已经大功告成了：琼斯被驱逐，庄园农场是他们的了。

最初的几分钟，动物们简直不相信他们吉星高照。他们的第一个行动是全体出动，在农场的各条边界奔跑，仿佛是要彻底弄清楚没有人躲藏在什么地方；然后，他们跑回农场的各个建筑物，把琼斯可恶的统治的最后痕迹统统清除掉。马厩后面的挽具室被打开；嚼子、鼻环、狗链，还有琼斯过去用来杀猪宰羊的残忍的屠刀，统统被扔进了井里。缰绳、笼头、眼罩以及那些可恶的饲料袋，被扔到了着火的垃圾上，在院子里熊熊燃烧。鞭子也扔到火上烧掉了。所有的动物看见鞭子付之一炬，欣喜若狂。斯诺鲍尔也把那些飘带扔进了火里，因为在赶集的日子，马鬃和马尾都是用这些飘带打扮的。

“彩带，”他说，“应该当作衣服予以考虑，这是人的标志。所有的动物都应该赤身裸体。”

博克塞听了这番话，他取下了夏天防止苍蝇钻入他的耳朵的小草帽，扔进火里一起烧掉了。

不大一会儿，动物们把能让他们想起琼斯的所有东西都捣毁了。拿破仑随后带领他们回到仓房，给大家分发了双份玉米，每只狗则分发了两块饼干。然后，他们唱起《英格兰动物之歌》，从头到尾唱了七遍，过后，他们安定下来过夜，睡得很踏实，是他们过去从来没有睡过的好觉。

然而，他们像平常一样早早醒来了，突然记起来那件已经发生的开天辟地的大事儿，他们大伙儿一起冲进了牧场。牧场过去不远，有一个小土丘，居高临下，看得见农场的概貌。动物们冲到了小土丘的顶上，在清新的晨曦里四下眺望。是的，农场是他们的了——他们看见的一切都是他们的了！想到这里不仅欣喜若狂，他们蹦啊跳啊，激动得高高跃起，冲向空中。他们在露水里打滚儿，大口咀嚼夏日香甜的青草，把黑土踢起一块块草皮，嗅闻沁人肺腑的香气。然后，他们把整个农场巡视一番，带着无言的欣赏心情展望耕地、草场、果园、水塘和灌木林，即便如此，他们也很难相信农场全归他们自己所有了。

然后，他们鱼贯返回农场的建筑物，在那座农场住宅门前默然地停了下来。那农场住宅也是他们的了，但是他们还害怕走到里面去。但是，踌躇少许，斯诺鲍尔和拿破仑用他们的肩膀把门撞开，动物们鱼贯而入，小心翼翼，生怕踩坏了什么东西。他们蹑手蹑脚地走过一间又一间屋子，不敢大声讲话，只是窃窃私语，久久凝望着那些难以置信的奢侈品，不禁满怀敬畏，眼前是铺了他们的羽毛垫子的床、镜子、马鬃沙发、布鲁塞尔地毯，起居室壁炉上摆放的维多利亚女王的平版印像。他们刚刚走下楼梯，发现莫丽不见了。有人返了回去，却见她还滞留在那间最豪华的卧室里。她从琼斯太太的梳妆台上拿了一根蓝色的飘带，把飘带搭在肩膀上，对着镜子自我欣赏，一副非常卖傻的模样。在场的动物们都严厉地大骂她一通，转身走了出来。厨房里悬挂着一些火腿，被取下来准备埋掉，洗碗间里的啤酒桶被博克塞的大蹄子踢了一个大洞，要不然农场住宅里的一切都完好无损。现场一致通过了一项决议，这所农场住宅当作博物馆保存下来。大家一致同意，任何动物都不准住在那里。

动物们开始用早餐，然后斯诺鲍尔和拿破仑把大家又召集在一起。

“同志们，”斯诺鲍尔说道，“现在六点半了，我们还有一整天的日子。今天我们开始收割牧草。但是，另有一件事情必须先解决一下。”

这两只猪现在透露，在过去的三个月里，他们自学钻研，能读能写了，靠的是一本琼斯先生的孩子们使用的识字课本，从垃圾堆上捡到的。拿破仑派人取来了几罐黑白颜料，带领他们来到通向那条大马路的五根木栏大门边。然后，斯诺鲍尔（因为斯诺鲍尔写字最拿手）用蹄子的两个趾瓣拿起一把刷子，在大门顶端“庄园农场”四个字的地方，写上了“动物农场”。从现在起，这就是这个农场的名字了。干完这件事，他们回到农场的建筑物，斯诺鲍尔和拿破仑派人取来了梯子，靠着大仓房的山墙竖立起来。他们解释说，通过他们过去三个月的钻研，几只猪已经成功地把“动物主义”简化成了“七大戒律”，现在要把它们写在这墙上；它们将构成一种不可改变的法律，动物农场的所有动物都须一辈子遵守它。经过一番折腾（因为一只猪稳稳地站在梯子上并非易事），斯诺鲍尔爬上梯子，着手工作，斯奎勒站在他下面的梯阶上，给他举着颜料罐。“七大戒律”刷在了涂过柏油的墙上，白色大字，三十码开外都看得一清二楚。戒律的内容分别为：

七大戒律

一、凡是两条腿走路的都是敌人。

二、凡是四条腿走路的，或者长翅膀的，都是朋友。

三、任何动物都不准穿衣服。

四、任何动物都不准在床上睡觉。

五、任何动物都不准喝酒。

六、任何动物都不准杀害其他动物。

七、所有动物都生而平等。

七条戒律书写得整整齐齐，只是“朋友”二字写成了“友朋”，还有一个“任何”写成了“何任”，拼写错误统统改正过来了。斯诺鲍尔给大家高声念了一遍。所有的动物都点头赞同，空前一致，而且那些脑子好使的当场就把“七大戒律”默记下来了。

“现在，同志们，”斯诺鲍尔说，把颜料刷子扔到了一边，“到牧草田里去！让我们争口气，收割牧草要比琼斯和他的雇工快上几倍。”

但是，这时，三头奶牛，看上去一直有些不安，终于高声地哞哞叫起来。她们二十四小时没有人来挤奶，她们的大奶子都快憋破了。稍稍考虑一下，几只猪派同伙取来了奶桶，相当成功地给奶牛把奶挤了，他们的蹄子很适合干这活儿。转眼间，五桶鲜奶摆在眼前，白沫嗞嗞地冒，很多动物看得津津有味。

“这些牛奶怎么处理呢？”有的问道。

“琼斯有时在我们的鸡食里掺一些牛奶。”一只母鸡说。

“别操牛奶的心了，同志们！”拿破仑叫嚷说，自己站在了五桶牛奶前，“牛奶会有伙伴照管的。收割牧草更重要。斯诺鲍尔同志带领大家去干活儿。我随后就跟去了。前进，同志们！牧草在等待。”

于是，动物们成群结队走向草场，开始收割，等他们晚上收工回来，大家注意到那些牛奶不见了。

第三章

他们收割牧草干得多么辛苦、流了多少汗啊！不过，他们的辛苦没有白付出，因为牧草收获取得更大的成功，超出了他们的希望。

有时，活儿很累人；各种工具都是为人设计的，而不是为动物设计的，只要是事关站立在后腿上才能使用的工具，没有哪个动物掌握得了。然而，猪们脑子更好使，总能想出办法解决难题。至于马们，他们对田地了如指掌，实际对收割和耙草这样的活计很在行，远比琼斯和他的雇工干得利落。猪们其实不动手干活儿，只是指导别的动物，出谋划策。因为他们智高一筹，他们自然而然地确保了领导地位。博克塞和克洛弗自套挽具，或者拉切割机，或者拉割草机（这些日子当然不用上嚼子和缰绳了），在田地里马不停蹄地干，拉了一趟又一趟，后面跟了一只猪，高喊“得儿得儿，同志！”，或者“乐儿乐儿，同志！”，根据具体情况发号施令。每只动物都不惜力气，不摆一点架子，翻动牧草，收集牧草。就是鸭子和母鸡都在大太阳下奔忙了一整天，干得很辛苦，用他们的尖喙叼衔细小的草棒棒。他们完成收割牧草的活儿，比琼斯和他的雇工少用了两天时间。更有甚者，这是农场有史以来最大的丰收年。一点浪费都没有；母鸡和鸭子眼睛很尖，把星星点点的草棒棒都收集起来。农场里的动物谁都没有偷享一点好处。

整个夏天，农场的活儿干得有条不紊，如同钟表走时。动物们都很高兴，因为他们压根儿没有想到能如此圆满完成任务。每一口食物都带来一种切实的积极的快活，是他们自己动手，又为了他们自己，不是抠门儿的主子赐予的。无用的寄生的人不在了，大家都能多吃多占了。休闲的时间也多了，动物们过去可不曾经历过。他们遇到了很多困难——比如说，那年晚些时候，当他们收割谷物的时候，他们不得不按照古老的方式进行，用他们的气息把皮糠吹掉，因为农场没有脱粒机——但是猪们脑子灵光，博克塞肌肉发达，力大无穷，带领大伙儿闯过来了。博克塞受到所有人的敬仰。他在琼斯时代就是一个干活卖力的主儿，而现在他似乎更加卖力，一个顶仨：有那么几天，农场所有的活儿就指望他那力大无穷的臂膀了。从早到晚，他拉啊，拽啊，哪里有最累的活儿，他就出现在哪里。他早和一只打鸣的公鸡达成协议，请他早上提前半小时叫他起来，赶在别人前面，把那些最需要力气的活儿自愿干完，赶在日常的活儿开始之前。他对每个问题、每次挫折，总是回答道："我会更加卖力的！"——这话已经成了他个人的座右铭了。

但是，大家干活儿都各尽所能。母鸡和鸭子，比如说，在秋收期间节省了五蒲式耳谷物，把散失的粮食都捡回来了。没有人偷窃，没有人抱怨分配不均，过去日子里鸡吵鹅斗、互相妒忌是家常便饭，如今都几乎不见了。没有人溜号开小差——或说几乎绝迹了。莫丽，确实，早上起得不够准时，还有借口她的蹄子里硌进了小石子半道撂挑子的毛病。猫的行为也有些暧昧。人们很快注意到，只要活儿来了，猫就不知去向了。她会一去几个小时不露面，可到了吃饭的时间就又出现了，或者在黄昏活儿都干完了她才露面，仿佛什么事情都没有发生过。但是，她总是能找到堂而皇之的借口，十分煽情地打呼噜，让人无法不相信她有良好的用意。老本杰明，那头驴子，自打造反以来似乎没有什么变化。他干活儿还是老样子，慢悠悠的倔脾气，如同他在琼斯时代养成的习性，从来不溜号，也从来不自觉自愿地加班加点。关于造反和造反的种种结果，他也不发表看法。有人问他这下琼斯滚蛋了，他是不是更幸福了，他听了只是说："驴子活个大寿数。你们谁都没有见过死驴。"别人听了这种驴唇不对马嘴的回答，只能听之任之。

星期天可以不干活儿了。早饭比平常晚一个小时，吃完早餐有一个每周一次风雨无阻的仪式。首先是升旗仪式。斯诺鲍尔在挽具室找到了一块琼斯先生用过的绿色的旧桌布，用白色往上面画了一只蹄子和一个犄角。每个星期天早上，这面旗帜会在农场住宅花园的旗杆上升起来。旗帜是绿色的，斯诺鲍尔解释说，代表了英格兰绿色的田野，蹄子和犄角表示人类最终被推翻后，未来的动物共和国必将崛起。升旗仪式结束后，所有的动物都聚集在那个大仓房全体集合，以“会议”著称。会上，对下周的活儿进行安排，各项决议会提出来进行辩论。提出决议的总是猪们。别的动物知道如何投票表决，但是从来想不出来他们自己的什么决议。斯诺鲍尔和拿破仑目前是各种辩论中最活跃的人物。但是，动物们注意到，他俩从来说不到一块儿：他们不管谁提出什么建议，另一方总会站出来反对。哪怕是决定一件谁都不会反对的好事，比如在花园后面开辟一个小围场，搞一个让干不了活儿的动物休息的场所，都会引发一场暴风骤雨般的争辩，对每种动物正确的退休年龄各说各的理。这种会议结束时都要唱《英格兰动物之歌》，下午才让大家清闲一下。

猪们把挽具室开辟出来做他们的总部。晚间一到，他们就来这里照着他们从农场住宅带来的书本学习打铁、做木工以及其他必要的手艺。斯诺鲍尔还忙着组织别的动物加入他所谓的各种“动物委员会”。他对这件事儿乐此不疲。他为鸡们成立了“鸡蛋生产委员会”，为奶牛成立了“清洁尾巴联盟”，还有什么“野生同志再教育委员会”（该委员会的目标是驯化老鼠和兔子），为羊们成立了“更白羊毛运动委员会”，以及各种各样的其他委员会，此外还成立了各种识字班和写字班。总的说来，这些计划是失败的。比如说，驯化野生动物几乎是刚起步就夭折了。野生动物一如既往，我行我素，只要慷慨对待，他们就充分利用，占尽好处。猫参加了“再教育委员会”，正经积极了一些日子。一天，人们看见她卧在房顶上，和几只她无法逮住的麻雀聊天。她告诉麻雀，所有的动物现在都是同志，凡是麻雀只要愿意都可来栖息在她的爪子上；但是，麻雀还是保持了适当的距离。

不过，识字班和写字班取得了了不起的成功。到了秋天，农场上的几乎每种动物都扫盲了，只是程度不一。

至于猪们，他们已经能读能写，无可挑剔了。狗们学习认字也相当不错，但是只对“七大戒律”有兴趣，对别的都提不起神儿来。缪里尔，那只山羊，比狗们学得好很多，有时夜间还常看一些别的东西，那都是她在垃圾堆上捡到的破报纸。本杰明能像任何一只猪一样看东西，但是从来不发挥他的才能。他说了，就他所知道的，没有什么东西值得阅读。克洛弗学会了全部字母，但是她无法把词儿放在一起阅读。博克塞学到 D 这个字母就止步不前了。他可以用他的大蹄子在尘土里写出 A、B、C、D，然后耳朵向后紧紧缩着，站在那里瞪起眼睛看这几个字母，有时抖动一下他的额毛，用尽脑力回忆下一个字母，却怎么都无法接下去。的确，好几次他学会了E、F、G、H，等他学会了它们，却又总是发现他早把A、B、C和D忘记了。最后，他决定就满足于学会最开始的那四个字母，每天都写一两遍，温习一下，以免忘记。莫丽拒绝学习任何东西，但是组成她名字的两个字“莫丽”却烂熟于心。她会用一截截小棍子把这两个字干净利落地搭成，然后还用一两朵花儿装饰一下，绕着圈儿欣赏它们。

农场上其他动物都学到A这字母就止步不前了。人们还发现，脑子比较笨的动物，例如羊、母鸡、鸭子，都不能把“七大戒律”背下来。经过深思熟虑，斯诺鲍尔宣布说，“七大戒律”其实可以压缩成一句格言：“四条腿好，两条腿坏。”他说，这句格言囊括了动物主义的核心原则。谁能彻底掌握它，就能安全地不受人的影响。家禽们起初反对，因为在他们看来好像他们也长了两条腿，但是斯诺鲍尔向他们辨明不是那么回事。

“一只家禽的一扇翅膀，同志们，”他说，“是一个推进器官，而不是用来操作的。因此，一个翅膀应该视为一条腿。人显而易见的标志是手，手是人干一切坏事的工具。”

家禽们听不懂斯诺鲍尔的大长词儿，但是他们接受了这一解释，于是所有智商略逊一筹的动物都开始用心死记这句新格言。“四条腿好，两条腿坏”被铭刻在仓房的山墙上，用更大一号的字母置于“七大戒律”之上。等他们把这句格言背下来时，羊们把这句格言发扬光大，等他们卧在田地里时便会一起开始咩咩地喊叫：“四条腿好，两条腿坏！四条腿好，两条腿坏！”一唱就是几个小时，从来不觉得烦。

拿破仑对斯诺鲍尔的各种委员会没有兴趣。他说教育青少年比给那些成年人干任何事情都重要。正巧杰西和布鲁贝尔在收割牧草后生了狗崽儿，两个先后生下了九只胖乎乎的小狗。小狗狗一断奶，拿破仑就把他们从他们母亲身边带走了，说他要亲自负责教育他们。他把他们送到了一个阁楼，得用挽具室的梯子才能够得着，让他们处于与世完全隔绝的环境里，农场的同伴们很快就把他们忘记了。

牛奶去向不明的秘密很快就真相大白了。牛奶每天都掺进了猪食里。早期苹果现在正在成熟，果园的草丛里落满了风吹下来的果子。动物们理所当然地认定苹果会平均分享；然而，一天，一道命令下达了，说所有的落果都要收集起来，送到挽具室让猪们享用。一些别的动物对此颇有微词，但毫无用处。所有的猪在这点上看法完全一致，连斯诺鲍尔和拿破仑都十分赞成。斯奎勒奉命去向别的动物进行解释。

“同志们！”他尖叫道，“我希望，你们不会以为我们猪猡这样做是因为自私、享受特权吧？我们中的很多人其实不喜欢牛奶和苹果。我本人就不喜欢它们。我们留用这两样东西的唯一目的，完全是为了保持我们健康。牛奶和苹果（这点是科学早已经证明的，同志们）含有对猪的身心健康绝对必要的物质。我们猪猡是脑力劳动者。这个农场的全部管理和组织都依靠我们。白天也好黑夜也罢，我们都在监护你们的福利。正是为了你们的利益，我们才喝牛奶，吃那些苹果。你们知道，如果我们猪猡对你们玩忽职守，会发生什么情况吗？琼斯会回来！是的，琼斯会回来！千真万确，同志们，”斯奎勒尖叫道，几乎是在恳求，一边还蹦来蹦去，小尾巴甩得嗖嗖响，“毫无疑问，你们中间没有人想看见琼斯回来吧？”

且说如果有一件事情动物们完全心中有数，那就是他们绝不想让琼斯回来。事情解释到了这个份儿上，他们就无话可说了。保证猪们身体健康的重要性是显而易见的。于是，无须再多说什么，大家一致同意牛奶和掉落的苹果（还有苹果完全熟后的主要收成），都应该储藏起来为猪们独享。

第四章

到了夏季晚些时候，动物农场所发生的事情传遍了大半个乡村。斯诺鲍尔和拿破仑每天都把鸽子放出去，指示他们和附近农场的动物们混合在一起，告诉他们造反的情况，教给他们《英格兰动物之歌》的曲调。

这一时期，琼斯先生大都坐在威林登镇红狮旅馆的酒吧间消磨时光，只要有人愿意听他所遭受的巨大不公，竟然是被一群什么都不是的动物赶出了自己的祖业，他就抱怨一通。别的农场主原则上同情他，但是起初也帮不上他什么忙。从内心讲，他们每个人都暗自嘀咕，自己会不会从琼斯的不幸中得到好处。幸亏与动物农场毗邻的两家农场的农场主都长期经营惨淡。其中一个名叫福克斯伍德，是一家疏于管理、老旧不堪的大农场，多半都是林地，牧场全都不成样子，树篱参差不齐，满目苍凉。主人皮尔金顿是一个得过且过乡绅派头的农场主，大部分时间都用来钓鱼或者打猎，因季节而变。另一个农场呢，名叫品奇菲尔德，规模比较小，管理更好些。主人是弗雷德里克，人很精明，刺头一个，总是官司不断，因为斤斤计较而名声在外。这两位谁都看不惯谁，很难达成什么协议，哪怕是捍卫他们自己的利益都谈不拢。

然而，他们两个还是被动物农场的造反吓坏了，千方百计阻止他们自家的动物从中学到什么东西。起初，他们还虚张声势，嗤笑动物自己管理农场的说法。他们说，不过十天半月，整件事情就都不攻自破了。他们还声张说，庄园农场（他们坚持称之为庄园农场，他们不能容忍“动物农场”这个名字）的动物窝里斗成风，很快就会饥饿而死。随着时间过去，动物农场的动物显然没有饿死，弗雷德里克和皮尔金顿说话变了腔调，开始谈论动物农场眼下有声有色的可怕的邪恶势力。据说，那里的动物在自相残杀，用烧红的马蹄铁互相折磨，共同使用女伴。弗雷德里克和皮尔金顿说，这就是造反带来的恶果，是违背自然法则的。

但是，这些传言没有人真正相信。一个奇妙农场的流言倒是不断，说那里人被赶出来了，动物们在管理自己的事情，流传越来越广，却含混不清，破绽反而多，而且一年来造反的浪潮在乡间一带暗中涌动。一贯听话好使的公牛突然间变得野性难驯，绵羊冲破树篱践踏苜蓿草，奶牛踢翻了栏杆，猎马拒绝跳跃障碍，把背上的骑手甩到了障碍的另一边。更有甚者，《英格兰动物之歌》的曲调甚至歌词儿都到处有人唱起来。这首歌传播的速度惊人。人们听到了这首歌，简直义愤填膺，却假装不屑一顾，认为它可笑至极。他们说，他们不能理解动物自甘堕落，唱这样下三烂的垃圾歌曲。凡是碰上动物唱这首歌，就会当场施予一顿暴揍。然而，这首歌是压制不了的。乌鸦在树篱上哇哇吟唱它，鸽子在榆树间咕咕吟唱它，它与铁匠铺的叮当锤声此起彼伏，与教堂的钟声遥相呼应。当人们聆听它时，禁不住暗自颤抖，从中听出来他们未来的厄运为期不远了。

十月初，谷子收割下来堆成了垛，其中一些已经脱粒，一只鸽子在空中嗖嗖地飞来，落在了动物农场的院子里，情绪激动不已。琼斯和他的雇工，还有十几个来自福克斯伍德和品奇菲尔德农场的人，进了那道五根栏杆门，走在通往农场的马车道上。他们个个手持棍棒，走在队伍前面的琼斯还拿着一支枪。很显然，他们打算收复农场这块失地的。

这是早已料到的事情，一切准备都已经就绪。斯诺鲍尔在农庄住宅弄到一本关于尤利乌斯·恺撒的各大战役的旧书，已经深入钻研过，这时负责各种保卫措施，他迅速下达命令，一两分钟之内每个动物就各就各位了。

等到人们接近农场的建筑物时，斯诺鲍尔发动了第一次进攻。所有的鸽子——数目多达三十五只——在人们头顶上飞来飞去，从空中向他们头上肆意拉屎；在人们忙于对付飞来的屎尿时，藏在树篱后面的鹅们冲出来，恶狠狠地啄人们的小腿肚。但是，这只是小规模战斗的小谋略，意在制造小小的混乱，人们用棍棒很容易就赶跑了鹅们。斯诺鲍尔这时发动了第二轮攻击。缪里尔、本杰明和所有的绵羊，在斯诺鲍尔的带领下，冲上前去，又踢又蹬，四面攻击，而本杰明用他的小蹄子不停地尥蹶子。但是，人们又一次用棍棒和铁钉靴子打败了动物，他们的武器对付动物绰绰有余。突然，只听斯诺鲍尔一声尖叫，发出撤退的信号，所有的动物掉头就跑，穿过大门，进入了院子。

人们欢呼雀跃，庆祝胜利。他们看见，一如他们所想象的，他们的敌人仓皇逃窜，他们于是乱糟糟地从后面追去。这正是斯诺鲍尔的良苦用心。他们刚刚冲进院子，那三匹马、三头奶牛以及所有埋伏在牛棚里的猪突然冲出来，从他们身后袭击，断了他们的后路。斯诺鲍尔这时发出了进攻的信号。他本人直接冲向了琼斯。琼斯看见他冲过来，举枪射击。子弹在斯诺鲍尔背上打出了一条条血印子，一只羊应声倒下。斯诺鲍尔毫不退缩，身先士卒，自己十五英石[①]的体重猛地撞到了琼斯的腿上。琼斯被撞出去，倒在了粪堆上，他的枪从手里飞出去了。然而，最令人胆战心惊的是博克塞的凶猛样子，只见他后腿在尥蹶子，大铁掌蹄子乱踢，好一副大种马的威风。他第一蹄就踢中了一个从福克斯伍

① 英石，英制重量单位，一英石约等于 6.35 千克；小说里的这只猪约 95.25 千克。

德来的马童的头颅，一蹄子把马童送进泥土里没命了。看到这情景，几个人扔下棍棒，拔腿就跑。人们吓破了胆，接下来所有的动物一起在院子里追击他们，转了一圈又一圈。人们挨撞，被踢，被咬，被践踏。农场上每一个动物都使出自己的招数，向人们复仇。就连那只猫也突然从房顶上跳到一个牛仔的肩膀上，爪子深深地挠住了他的脖子，牛仔疼得惨叫。正在这时，一个缺口敞开了，人们心中大喜，纷纷逃出院子，夺路而逃，冲向那条大路。这样，他们入侵还不到五分钟，就怎么来怎么灰溜溜地原路溃逃了，一群鹅不依不饶地在他们身后紧追不舍，一边追一边啄他们的小腿肚。

所有人都逃走了，只留下一个。回到院子里，博克塞用大蹄子刨了几下那个一头栽进泥土里的马童，试图把他翻过来。那马童一动不动。

“他死了，”博克塞难过地说，“我本意不想这样干的。我忘记了我蹄子上钉了铁掌。谁会相信我不是故意这样干的？”

“别感情用事了，同志！”斯诺鲍尔嚷道，他背上的枪伤的血还在滴沥，“战争就是战争。唯一的好人就是死人。”

“我不希望害人性命，就是人命我也不想伤害。”博克塞又说道，他的眼睛里充满了泪水。

“莫丽哪里去了？”有动物大声问道。

莫丽确实不在场。一时间，大家惊慌起来；大家担心人们也许打伤了她哪里，或者索性把她捉去了。还好，最后大家在她的马厩里找到了她，只见她把脑袋埋进了食槽的干草里。她一听见枪响就逃跑了。大家寻找莫丽返回来时，却发现那个马童已经醒过来，逃走了，原来他只是被踢晕了。

动物们这时重新聚集在一起，激动得发狂，每一位都扯尖嗓子讲述在这次战斗中的英勇表现。一次即兴的庆祝胜利活动立即举行了。旗帜升起来，《英格兰动物之歌》唱了一遍又一遍，然后为那只被打死的羊举行了隆重的葬礼，并在她墓前种下了一棵山楂树。在墓园前，斯诺鲍尔发表了简短的讲话，强调说所有动物为了动物农场随时准备牺牲是必需的，只要需要。

动物们一致决定创制一种军功勋章，“一级动物英雄勋章”，并且当场授予斯诺鲍尔和博克塞。军功章是用铜片做的（其实是在挽具室里找到的几块马用的铜饰片），在星期天和节假日佩戴。还设立了“二级动物英雄勋章”，授予那只阵亡的绵羊，表示追念。

关于这次战斗取什么名字，正经讨论了一番。最后，这次战斗被命名为“牛棚之战”，因为伏击战是从牛棚打响的。琼斯先生的枪终于在泥土里找到了，大家都知道农场住宅里有大量的子弹。大家决定把这支枪摆放在旗杆墩下，权当一门大炮，一年鸣放两次——一次在十月十二日，即“牛棚之战”纪念日；一次在施洗约翰节，即造反纪念日。

第五章

随着冬季临近，莫丽变得越来越不像话了。每天早上她都干活迟到，借口说她睡过头了，而她又抱怨说不清道不明的疼痛，尽管她能吃能喝消化好。但凡有个借口，她就逃避工作，来到饮水池边，傻傻地站在水池边注视她在水中的倒影。但是，也有些流言听来比较严重。一天，莫丽一步三晃地走进了院子，甩着长尾巴卖弄风骚，到一堆干草边大嚼起来，克洛弗来到了她身边。

“莫丽，”克洛弗说，“我有几句很严肃的话跟你说。今天早上，我看见你往分隔动物农场和福克斯伍德农场的树篱那边看。皮尔金顿的一个雇工就站在树篱的另一边。尽管——我离得很远很远，但是我几乎肯定我看清了——他在跟你说话，而你允许他抚摸你的鼻子。这到底是怎么回事，莫丽？”

“他没有抚摸！我也没有东张西望！根本不是那么回事！”

莫丽尖叫道，开始来回走动，用蹄子刨地面。

“莫丽！看着我的脸。你敢跟我发誓，那个男人没有抚摸你的鼻子吗？”

“根本不是那么回事儿！”莫丽重复道，但是她不敢正视克洛弗的脸，接下来她转身向田地里跑去了。

克洛弗脑海里闪出来一个念头。对别人什么闲话都没有说，她来到莫丽的马厩，用蹄子把麦秸翻开。在麦秸下有一小堆糖块，还有一捆捆各种颜色的飘带。

三天后，莫丽不见了。几个星期过去了，她到底去了哪里，一点音信都没有，后来鸽子报告说，他们看见她在威林登镇的另一边。她套在辕里拉一辆刷了红漆和黑漆的轻便马车，正停在一家酒吧外面。一个肥胖的红脸汉身穿马裤和护腿，看上去像酒店老板，一边抚摸她的鼻子，一面喂她糖吃。她的披衣是新裁剪的，而她额头戴了一条红彩带。她看样子很享受，鸽子如是说。动物们没有谁再提起莫丽。

进入一月，天气变得很严酷。土地冻得像铁，田地里什么活儿都不能干。大仓房举行了很多次会议，猪们忙着安排下一季度的工作。动物们已经默认，猪们显然比其他动物更聪明，应该决定农场政策的所有问题，尽管他们的决定还要由多数投票批准。这种格局本来会行之有效，可惜斯诺鲍尔和拿破仑总是产生分歧。这二位只要遇上可能引发争执的问题，一准各执己见。如果有一位建议扩大耕种大麦面积，另一个准要求扩大种植燕麦的面积；如果有一位说哪块田地适合种洋白菜，另一个就断言除了种根茎菜，种什么都白种。每一位都有自己的追随者，有些争论还相当激烈。在会议上，斯诺鲍尔因为能言善辩，经常能争取到多数，但是拿破仑更善于会下游说，为自己争取支持。他尤其争取绵羊屡屡得手。近来，羊们不分时间，不分场合，动辄就咩咩地呼喊“四条腿好，两条腿坏”，经常用这一手扰乱会议。大家注意到，每逢斯诺鲍尔的讲话到了关键时候，他们就特别容易突然咩咩地喊叫“四条腿好，两条腿坏”。斯诺鲍尔在农场住宅里找到一些过期的《养殖户与牲畜饲养人》，进行了仔细的研究，对各种发明和改进有一肚子计划。他头头是道地谈论农田灌溉、青饲料储藏和基本肥料处理，已经搞出了一套复杂的计划，让所有的动物直接把粪便拉到田地里，每天蹲守不同的地点，就省得用车拉粪了。拿破仑自己做不出什么计划，但是他不动声色地说斯诺鲍尔那一套是瞎扯淡，而他好像是在等待时机。不过，他们的所有争论，最激烈的莫过于关于修建风车的事情。

在长长的牧场上，距离农场建筑物不很远，有一个小山丘，是农场的制高点。把地面丈量过后，斯诺鲍尔宣布说，这里就是修建风车的绝好地方，风车在这里可以带动一台发电机，为农场供电。有了电，灯光可以给马厩照明，在冬季还能取暖，而且还能驱动一台转盘锯、一台饲料粉碎机、一台甜菜切割机和一台电动挤奶机。动物们过去从来没有听说过这些新鲜玩意儿（因为这个农场是老派的，只有最基本的机械设备），因此倍感惊讶，直耳静听斯诺鲍尔把这些奇妙的机器说得绘声绘色，只要机器能干了他们的活儿，他们就能在田地里悠然自得地吃草，或者看书识字，多多沟通，从而改变他们的心智。

在接下来的几个星期里，斯诺鲍尔修建风车的种种计划都制订出来了。机械方面的细节，多数都来自琼斯的三本书——《治家的一千种有效措施》《人人都是泥瓦匠》以及《初学者电力入门》。斯诺鲍尔利用一个小房子当书房，这里曾经用来放孵化器，铺了光溜溜的木地板，适合画图。他把自己关在里面一待就是几个小时。他把书打开，压上一块石头，用猪趾夹住一根粉笔，快速地走来走去，画了一条又一条线，兴奋得嘴里嘟嘟哝哝没完。这些计划逐步转变成了一套复杂的曲轮和齿轮，把地上都快弄满了，别的动物见了全然不知所以却啧啧表示称赞。大家伙儿一天至少来看一次斯诺鲍尔的各种草图。连母鸡和鸭子都来了，还须约束着别踩踏了那些粉笔草图。只有拿破仑冷眼旁观。他从一开始就宣称自己反对修建风车。但是，一天，他不期而至，来检查这些计划。他步履沉重地在小屋里走来走去，对各种计划的细节一一盘查，凑近闻了一次又一次，并站远一点，用眼角余光斜睨它们；然后，他突然抬起后腿，在那些计划上尿了一泡，扬长而去，一句话也没有说。

整个农场对风车项目发生了很深的分歧。斯诺鲍尔不否认，修建风车将是一件艰苦的工程。石头需要开采，垒成墙壁，然后还不得不制造风车翼板，这之后还需要发动机和电缆（这些东西如何制造，斯诺鲍尔没有说）。但是，他坚持认为，建造风车一年时间就可以竣工。他宣称，风车建成后，大量劳动力可以节省下来，动物们一星期只用干三天活儿就行了。另一方面，拿破仑争辩说，目前急需解决的是增加食物生产，如果他们在修建风车上浪费时间，他们都会统统饿死的。动物们根据下列口号分成了两大派："赞成斯诺鲍尔，一周干三天活儿"，或者"赞成拿破仑，槽里食物满"。本杰明是唯一没有参加派别纷争的动物。他根本不相信食物会装满食槽，也不相信风车能节省劳力。有风车或者没有风车，他说，生活照样进行，一如既往——就是说，只会坏不会好。

除了对风车争论不休，还面临保卫农场的问题。大家充分认识到，尽管人们在牛棚之战中被打败了，但是他们人还在心不死，会更加坚决地来收复农场，让琼斯先生再做农场主。他们有充分的理由这样干，因为他们失败的消息传遍了乡村，邻近的农场上的动物们听了变得前所未有地蠢蠢欲动。一如往常，斯诺鲍尔和拿破仑还是尿不到一个壶里。按照拿破仑的说法，动物们所必须做的是千方百计弄到武器，训练他们学会使用武器。根据斯诺鲍尔的想法，他们应该派出去更多的哨鸽，越多越好，在别的农场上把动物们煽动起来造反。一个辩称如果他们不能够保卫自己，他们就一定要被征服；另一个则说，如果造反遍及各地，他们就无须保卫自己。动物们起初听从拿破仑的，转而就倒向了斯诺鲍尔，孰对孰错，他们拿不定主意；确实，在争辩中，他们总是在充当墙头草。

最后，斯诺鲍尔的计划终于完成了。在接下来的那个星期天举行的会议上，是否开始修建风车的问题即将举行投票。动物们聚集在大仓房里，斯诺鲍尔站起来，尽管偶尔会被绵羊的咩咩叫声打断，还是把修建风车的各种理由陈述完了。然后，拿破仑站起来回答。他不动声色地说风车就是瞎扯淡，他建议大家别给风车投票，说完就立即坐下了；他只讲了三十秒钟的话，似乎对他讲话所产生的效果满不在乎。这时，斯诺鲍尔一下子站起来，因为绵羊开始咩咩叫唤，他喝断了他们，满怀深情地陈述修建风车的好处。直到这时，动物们一直把他们的同情一分为二，但是瞬间斯诺鲍尔的口才就把他们驾驭了。他用火花四溅的词句，描绘出一幅动物农场美丽的图画，一旦动物们背上沉重的负荷被取代，美景就会成真。他的想象力这时远远超过了饲料切割机和甜菜粉碎机。他说，电力能带动脱粒机、铁犁、铁耙、石磙、收割机和打捆机，另外还能给每个马厩提供电灯、热水和凉水，以及电热器。等到他完成讲演，赢得投票是稳操胜券的。然而，正在这时候，拿破仑站了起来，向斯诺鲍尔狠狠地斜睨一眼，扯尖嗓门儿发出一声怪叫，大家过去从来没有听见过。

尖叫声刚落，一阵可怕的汪汪犬吠在外面传来，九只戴了铜钉脖套的巨大猛犬蹿进了大仓房。他们直扑斯诺鲍尔，斯诺鲍尔及时从座位上跳起来，躲避他们的利齿大口。眨眼之间，他逃出了仓房门，猛犬在他身后紧追不舍。所有的动物吓得不知所措，纷纷聚集到门口看狗追猪的热闹。斯诺鲍尔一路奔跑，穿过长长的牧场，奔向大路。他跑得再快也是一只猪在跑，而那些猛犬眼看就要咬住他的脚后跟了。突然，他滑倒在地，看样子他在劫难逃了。然后，他一骨碌站起来，跑得比以前更快了，很快猛犬又要追上他了。其中一只猛犬眼看就要咬住他的尾巴了，但是斯诺鲍尔及时把尾巴甩了几下。然后，他猛然向前一蹿，溜进了树篱的一个窟窿，倏然不见了。

寂然无声，胆战心惊，动物们悄悄地回到了仓房。不一会儿，猛犬们一蹦三跳地回来了。起初，谁也无法想象到这些凶猛的家伙是从哪里来的，但是疑团很快就解开了：他们是拿破仑从他们的母亲身边夺走的那些狗崽儿，私下喂养起来。尽管还不到成年，但是他们已经成了彪形大犬，凶相毕露，如同大狼。他们紧紧跟在拿破仑身边。大家注意到，他们向拿破仑摇尾乞怜，那副奴才相如同过去别的狗向琼斯先生献媚。

拿破仑，身后跟着那些猛犬，这时走上地面突起的那块地方，老少校当初就是站在那里发表他的讲演的。拿破仑宣布说，从现在起，星期日举行的会议一律取消。那些会议没有必要了，他说，是浪费时间。未来，有关农场工作的所有问题，都由猪们组成的特别委员会解决，由他本人来主持。问题需要私下商定，事后传达给别的动物。动物们星期天上午还要集会，向国旗敬礼，唱《英格兰动物之歌》，接着接受他们对一周安排的指示；但是，辩论就不再允许了。

尽管斯诺鲍尔被驱逐一事让动物们震惊，但是他们还是被这一声明搞得不知所措。如果他们能找到正确的论据，他们中的一些人会表示抗议的。就连博克塞都隐隐约约感觉不对劲儿。他把耳朵向后缩去，把脑门上的鬃发甩了几次，吃力地试图把他的思绪梳理一下；然而，他到底还是想不起来讲些什么好。但是，他们自己的一些猪能说会道。前排的四只小膘猪就扯尖嗓子表示不同意，而四只猪一起站起来，立即开始讲话。但是，卧在拿破仑身边的猛犬突然汪汪地叫起来，叫声深沉，很有威慑力，四只膘猪见状哑口无言，又卧了下来。然后，绵羊突然展喉高歌，咩咩地叫道："四条腿好，两条腿坏！"一口气叫喊了差不多十五分钟，把讨论的机会全都耽误了。

这时候，斯奎勒奉命在农场上四处向别的动物解释新的安排。

"同志们，"他说，"我相信这里每位动物都对拿破仑主动担起这一额外操劳的牺牲精神是赞赏的。同志们，别以为领导岗位是一件轻松愉快的事情！恰恰相反，这是一个沉甸甸的重大的责任。谁都没有拿破仑同志更加坚定地相信动物生而平等。他最高兴看见你们自己做出决定。但是，有时你们也许会做出错误的决定，同志们，一旦做出错误的决定会有什么结果呢？假如你们决定跟随斯诺鲍尔，听信建造风车之类捕风捉影的话——斯诺鲍尔，我们现在看得很清楚了，他不过是一个罪犯而已！”

“他在牛棚之战里打仗很勇敢嘛。”有动物说。

“光勇敢是远远不够的，”斯奎勒说，“忠诚和听话才更重要。至于牛棚之战嘛，我相信总有一天我们会看清楚斯诺鲍尔在战役中的作用是夸大了。同志们，纪律，铁的纪律！这才是我们今天的口号。一步走错，我们的敌人就会向我们反攻倒算。毫无疑问，同志们，你们想让琼斯回来吗？”

这样的论点又一次无人能回答了。毫无疑问，动物们不想让琼斯回来；如果星期天上午举行的辩论会导致琼斯回来，那么那些辩论就必须停止。博克塞现在有时间把各种情况理一理，权衡一下总的感受，说：“如果拿破仑同志这样说，那就一定是正确的。”此后，他把这句话归纳为一句格言：“拿破仑一贯正确。”还把自己个人的套话找补上，“我会更加努力干活儿。”

这时节，天气转暖，春耕开始了。斯诺鲍尔草拟风车计划的那所小房子被关上，据推测那些计划也早从地板上抹掉了。每个星期日上午十点钟，动物们在大仓房聚齐，接受一周安排的命令。老少校的脑壳早已烂掉了肉，从果园里挖掘出来，摆放在了旗杆墩下，和那支枪并置一起。升旗仪式过后，动物们奉命排成一行，毕恭毕敬地走过那个骷髅，然后才进入仓房。当今之日，他们不再像过去一样坐在一起了。拿破仑、斯奎勒和另一只写歌和写诗很有天赋的名叫米尼缪斯的猪，坐在前面那个突起的台子上，九只年幼的猛犬在他们面前围成半圆圈，别的猪坐在他们后面。其他动物与他们相对而坐，成为大仓房的主体。拿破仑宣读一周的安排活动，口气粗暴，行伍做派，接下来唱一遍《英格兰动物之歌》，所有的动物就解散了。

斯诺鲍尔被驱逐之后的第三个星期日，动物们颇为吃惊地听到拿破仑宣布，风车最终又要修建了。他对自己改变主意没有给出任何理由，只是告诫动物们，这项额外的任务将意味着非常艰苦的劳作；万不得已时甚至要削减他们的食物配额。但是，这些计划早已做了准备，最后的细节都想到了。猪们成立了一个特别委员会，过去三周来一直在攻克这些计划。建造风车，以及其他各种各样的改进工作，预期两年之内完成。

那天夜晚，斯奎勒私下和别的动物解释说，拿破仑实际上从来没有反对过风车计划。恰恰相反，他从一开始就主张实行这个项目，而斯诺鲍尔在孵化器小屋的地上绘制的那个计划，其实是从拿破仑的文件里偷窃来的。事实上，风车就是拿破仑自己的创造。那么，有人问道，为什么他当时那么强烈地反对风车计划呢？斯奎勒这时表现得非常狡诈。他说，这正是拿破仑同志的高明之处。他表现得好像反对风车计划，只是一种摆脱斯诺鲍尔的手腕，因为斯诺鲍尔是一个危险家伙，影响极坏。现在，斯诺鲍尔这下不是绊脚石了，风车计划可以毫无阻拦地付诸实施了。斯奎勒说，这就是人们常说的谋略。他一口气说了好几遍："谋略，同志们，谋略！"他一边说一边蹦蹦跳跳，尾巴甩得嗖嗖响，开心地呵呵大笑。动物们拿不准"谋略"一词究竟什么意思，但是斯奎勒讲得那么有说服力，三只正好和他在一起的猛犬汪汪狂吠，让人胆战心惊，动物们就接受了他的解释，没有再敢提出问题。

第六章

那年整整一年，动物们干活儿如同奴隶。但是，他们干活非常高兴；他们不怕艰苦，不怕牺牲，任劳任怨，很清楚他们所付出的一切都是为了他们自己的利益，为了他们身后的同类谋幸福，而不是为了一伙无所事事巧取豪夺的人干活儿。

整个春天和夏天，他们每周都干六十个小时，到了秋天，拿破仑宣布星期天下午也得上班干活儿。这种工作是完全出于自愿，但是哪个动物自己缺席了，其食物配额会减掉一半。尽管加班加点，有些任务还是发现不得已不了了之了。秋收较之上一年也不那么成功，两块田地本应该在下季初种上根茎菜，却什么都没有种上，因为耕作活计没有提前完成。不难预见，即将来临的冬季将会异常艰难。

风车修建出现了难以预料的困难。农场上有一个良好的石灰石采石场，在一所附属房子里找到了大量沙子和水泥，因此修建风车的材料应有尽有。但是，动物们起初面临的难以解决的麻烦，是如何把大石块破成合适尺寸的小石块。除了使用楔子和撬杠，似乎无法解决这个问题，可楔子和撬杠动物们又不会使用，因为没有什么动物能够站立在后腿上。几个星期白费了许多周折后，有动物才灵机一动，有了办法——那就是，利用重力的作用。巨大的石块，尺寸大得他们根本无法使用，就平铺石场的底部。动物们用绳子拴住大石块，然后一起使劲，奶牛们、马们、绵羊们，所有能够拉住绳子的动物——甚至猪们有时也在关键时刻加入进来帮助——他们拉起大石块，拼尽全力，缓缓地拉上陡坡，来到石场的顶上，再把大石块从边沿推下去，在下面摔成碎块。大石块摔成碎块后，运输石头相对而言就简单多了。马们用马车拉，羊们一块一块地拖，连缪里尔和本杰明都架上挽具，拉起一辆破旧的轻便两轮马车，尽自己的一份力量。时至夏季晚些时候，石头储存已经积累得足够多了，然后修建就开工了，全部由猪们监工。

然而，这是一个缓慢的辛苦的过程。屡见不鲜的是花上整整一天，费尽九牛二虎之力，才能把一块大石头拉上采石场的顶部，有时大石头被推下边沿，掉下去却没有摔碎。没有博克塞拉套，什么事情也难有进展，他的力气似乎与其他动物加起来的力气不相上下。当大石块开始下滑时，动物们只能绝望地大喊大叫，眼睁睁看着自己一起被拖下山去，这时候总是博克塞把绳子死死拉住，止住大石块下滑的趋势。看见他一寸一寸地使出吃奶的力气往山坡上拉，粗气喘得呼哧呼哧的，他的蹄子尖儿死死抓住地面，他的大肋侧被汗水湿透，每个动物都对他产生了由衷的敬仰之情。有时，克洛弗提醒他掌握分寸，别超负荷干活儿，但是博克塞从来把她的话当耳旁风。他这两个口号是："我会更加努力干活儿"，还有"拿破仑一贯正确"，对他来说似乎就是对所有问题的最好回答。他早已和那只打鸣的公鸡达成协议，请他早上提前四十五分钟而不是提前半小时把他叫醒。他的业余时间如今本来就不多了，可他还是利用起来，单枪匹马到采石场，捡够一车碎石头，独自拉到风车工地，也不叫谁帮一把。

动物们整个夏天过得还算不坏，只是他们的活儿干得很艰苦。如果说他们得到的食物不比琼斯时代的多，至少他们不缺吃喝。好在他们只用为自己吃喝忙碌，不用养活五个铺张奢侈的人，这是巨大的安慰，再多的挫折也值了。动物干活的方法在很多方面都更有效率，也节省劳动。比如除草这样的活儿，他们能把草啃吃得干净彻底，远非人可以比得上。还有，现在由于没有动物偷窃东西，便用不着在牧场和可耕地之间挡起围栏了，这可以在修剪树篱和修理木门上节省很多劳动力。但是，随着夏季过去，各种预见不到的东西短缺开始暴露出来。急需的东西有煤油、钉子、绳子、狗粮、钉马掌用的铁，没有一样是能够在农场上生产的。后来，种子和人造肥料也短缺了，还不算各种工具，最后还有风车需用的机器。这些短缺东西如何生产出来，谁都想象不出来。

一个星期天的早上，动物们聚集起来领受命令时，拿破仑宣布他已经决定了一项新政策。从现在起，动物农场要和邻近的农场进行贸易活动：当然，不是为了商业目的，而只是为了获得某些特定的急需解决的物质。他说，风车的各种所需是压倒一切的。因此，他正在安排卖掉一垛牧草和部分当年收获的小麦，而且接下来，如果需要更多的钱，也许会通过出售鸡蛋来补上，因为威林登镇总是有市场的。拿破仑说，母鸡们应该欢迎这种牺牲，因为这是她们自己对修建风车的特别贡献。

又一次，动物们感觉到了一种模糊的不安。永远不和人类做任何交易，永远不做生意，永远不使用金钱——这些难道不是在最早的各种决议中就有的吗？这不是把琼斯赶出农场的首次胜利大会上就通过的吗？所有的动物都记得通过了这样的决议：至少他们认为他们还记着这点。那四只在拿破仑废除动物大会时曾表示过抗议的小猪，怯生生地表示了不同的声音，却很快沉默了，因为那些猛犬又开始汪汪大叫起来。然后，一如往常，绵羊突然齐声唱起“四条腿好，两条腿坏”，这种瞬间的尴尬局面就算平息了。最后，拿破仑举起他的蹄子示意安静，宣布说他已经做出了所有的安排。根本不需要任何动物去和人类打交道，这显然是最深得人心的。他打算把全部担子用自己的肩膀扛起来。有个名叫文博的先生，是一名住在威林登镇的律师，已经答应在动物农场和外部世界之间做中间人，可以在每个星期一上午来接受他的指示。拿破仑结束他的讲话时照例高呼“动物农场万岁”，接下来唱了《英格兰动物之歌》，动物们就解散了。

随后，斯奎勒在农场上巡视一圈，让动物们的心情平静下来。他让他们相信，反对进行贸易和使用金钱的决议从来没有通过，连提出来都是没有的事儿。这纯粹是想象出来的，也许顺藤摸瓜，能追究到斯诺鲍尔一开始散布的谎言。极少数动物仍然隐约感觉疑虑重重，但是斯奎勒狡诈地反问道：“你们敢肯定有些东西不是你们做梦做出来的吗，同志们？你们有什么关于这样的决议的记录吗？这样的决议白纸黑字写下来过吗？”因为这种东西确实没有书面的材料存在，动物们就满足于是他们搞错了，不再深究了。

每个星期一，文博先生都按照已经安排好的来访动物农场。他是一个小个子，獐头鼠目，两撇小胡子，一个小规模经营的律师，但是精明过人，比别人都更早地看出来动物农场需要一个经纪人，各种委托是值得代理的。动物们目睹了他来来去去，不免有一种担忧，只要能躲开他就尽量躲开，但是，看见拿破仑四条腿着地，向两条腿站着的文博先生交代各种指示，这唤起了他们的自尊，让他们部分地认可了这一崭新的变动。他们和人类的各种关系现在与过去的情况大不相同了。人类对蒸蒸日上的动物农场的憎恨目前一点不见少；恰恰相反，他们比过去更憎恨动物农场了。人们当初有一信条，谁都认定动物农场迟早会破产，而且也认定风车计划一定会失败。曾几何时，人们在酒吧里相聚，利用图表互相证明风车计划一定会付之东流，或者即便风车建起来，那也绝不会运转起来。然而，事与愿违，他们渐渐地对动物们管理他们自己的事物产生了某种尊重。这种尊重的一个迹象便是他们名正言顺地叫"动物农场"，不再装腔作势地叫它"庄园农场"了。他们也不再向着琼斯说话了，因为琼斯已经放弃收复他的农场的希望，远走他乡，在乡下别的地区生活下来了。除了通过文博，还没有别的途径来沟通动物农场和外部世界，不过不断有传闻，说拿破仑准备和福克斯伍德农场的皮尔金顿先生或者品奇菲尔德农场的弗雷德里克先生达成一桩具体的生意协议——不过，外界也注意到，永远不会同时与两家农场做生意。

大约在这个时候，猪们突然搬进了农场住宅，在那里定居下来。动物们再次似乎记起来，反对住进农场住宅的决议很早就通过了，可是斯奎勒又让他们相信没有这回事儿。他说，猪们在一个安静的地方工作是绝对必要的，因为他们是农场的大脑。领袖（近来斯奎勒只要提起拿破仑就用"领袖"这一称呼）住在房子里要比住在寒酸的猪圈里，更与领袖的威严相配。但是，一些动物听说猪们不仅在厨房里进食，还用客厅做接待室，又在床上睡觉，感到愤愤不平。博克塞像平常一样认定“拿破仑总是正确的”，认可了这件事，但是克洛弗认为她记得一条具体的规定就是反对用床，来到大仓房的山墙前试图弄清楚上面铭刻的“七大戒律”。她知道自己只能看懂单个的字儿，便叫来了缪里尔。

“缪里尔，”她说，“给我念念第四条戒律。那条不是说永远不准在床上睡觉吗？”

费了一番周折，缪里尔总算把第四条念下来了。

“这条说，‘任何动物都不准在有被褥的床上睡觉’。”缪里尔最后说。

好生奇怪，克洛弗不曾记得第四条戒律提到过被褥，但是，这都写在墙上了，那就只能是这么回事儿了。斯奎勒这时正好路过这里，身边还跟着两三只猛犬，可算把整个事情交代得头头是道了。

“这么说，同志们，你们是听说，”他说，“我们猪猡现在睡在农场住宅的床上了吧？为什么不呢？不用说，你们是不是以为过去有过不准睡床的规定？床嘛，只不过是一个睡觉的地方。马厩里铺上一堆麦秸就是床嘛。那条规定是针对被褥的，那是人的发明。我们把被褥从农场住宅撤去了，铺了毯子睡觉。铺了毯子睡觉也很舒服哦！但是，我跟你们说，同志们，就我们的需要而言，这还远不够舒服呢，我们如今不得不把所有的脑力工作都顶下来。你们总不会不让我们好好休息，是吧，同志们？你们总不会让我们累得要死无法履行我们的职责吧？你们肯定没有人愿意琼斯回来吧？”

动物们立刻让他放心，他们绝不会同意琼斯回来的，再没有谁乱说猪们在农场住宅睡觉的事儿了。没过多久，又有告示说，从现在起猪们早上要比其他动物晚起一个小时，动物们对此便没有什么可抱怨了。

秋天到了，动物们很累却很高兴。他们度过了一个艰苦的年份，卖掉了部分牧草和谷物，为过冬储藏的食物一点也不丰裕，但是风车工程补偿了一切。风车现在修建一半了。收过秋，有一段时间天气干爽，动物们比以往干得更加辛苦，认为整天拉着石头步履艰难地来来去去，如果这样辛苦劳作能把墙垒高一英尺，都是值得的。博克塞甚至在夜里都出门干活儿，借着秋收季节的月光干一两个小时的活儿。在动物们空闲时间里，他们会在完成一半的风车旁转来转去，欣赏风车墙壁的力量与宏伟，惊讶他们竟然能够修建起如此洋洋大观的物件。只有老本杰明对风车一点没有增加热情，不过，如同往常一样说些冷嘲热讽的风凉话，倒也没有多说什么。

十一月来了，西南风怒吼不息。修建活动不得不停下来，因为现在到处湿漉漉的，水泥没法掺和了。终于，一天夜里，飓风来了，异常猛烈，农场建筑物风雨飘摇，大仓房屋顶的瓦被吹掉不少。母鸡们惊吓醒了，害怕得咕咕直叫，因为她们睡梦中同时听见了远处传来了枪响。第二天早上，动物们从窝里出来，发现那个旗杆被大风刮倒了，果园里的一棵榆树连根拔了起来，像一根小萝卜。一看见这种惨状，所有的动物都忍不住从喉间发出一声绝望的惊呼。一幕可怕的景象跳入了他们的眼帘。风车倒塌了。

动物们不约而同地冲向了现场。平时绝少撒腿快跑的拿破仑奔跑在所有动物的前面。是的，风车坍塌在地，他们艰苦奋斗的成果，夷为平地了，他们往日打碎并费尽千辛万苦拉来的石头散落了一地。一开始谁都说不出话来，他们痛苦地站在那里瞪眼干看着那些一片狼藉的石头。拿破仑一言不发，走来走去，偶尔闻一闻地面。他的尾巴直撅撅的，嗖嗖地来回甩动。猛然间，他停下来，仿佛他拿定了主意。

“同志们，”他平静地说，“你们知道这是谁干的吗？你们知道是敌人在夜里来把我们的风车推倒了吗？斯诺鲍尔！”他突然吼叫起来，声如响雷，“斯诺鲍尔干的这等勾当！他用心歹毒，一心要挫败我们的计划，发泄他被可耻地驱逐走的愤恨，这个卖国贼乘着月黑风高，破坏了我们苦干一年的成果。同志们，现在我在这里宣布斯诺鲍尔的死刑。谁把他就地正法，颁发‘动物英雄二级勋章’，还有半蒲式耳苹果。如果有谁能活捉他，奖励整整一蒲式耳苹果！”

动物们听说斯诺鲍尔竟然犯下这等滔天罪行，惊愕得哑口无言，不知所措。愤怒的叫喊猛然间爆发，大家都开始想把斯诺鲍尔逮捕法办的高招，如果他胆敢回来的话。几乎与此同时，一只猪的蹄子印迹在草丛里被人发现了，就在那个小山岗不远的地方。他们只追踪了几码远，不过看样子那印迹消失在树篱的一个洞口了。拿破仑把那些蹄印闻了又闻，宣布说这就是斯诺鲍尔的蹄子印。他就此发表自己的看法，说斯诺鲍尔也许是从福克斯伍德农场的方向来的。

“事不宜迟，同志们！”拿破仑把蹄子印迹检查过后，说道，“工作还得干下去。今天早上我们就开始重建风车，我们用一个冬季来把风车建成，风雨无阻。我们要让这可耻的卖国贼看看，他要破坏我们的工作没那么容易。千万别忘记，同志们，我们的计划千万不能动摇：今天我们就开始干起来吧。前进，同志们！风车万岁！动物农场万岁！”

第七章

这是一个难挨的冬天。暴风雨天气过去，冻雨和大雪紧跟着就来了，然后又是一场酷寒，一直到了二月天气才缓和起来。动物们竭尽全力着手重建风车，大家都很明白外部世界在盯着他们，如果风车到时候修建不起来，心怀叵测的人们一准幸灾乐祸，自以为得计。

心存恶意，大伙儿就是不相信斯诺鲍尔破坏了风车：他们说，风车之所以倒塌，那是因为墙壁修建得太单薄。动物们知道情况并非如此。然而，他们还是决定这次把墙砌成三英尺厚，取代以前的十八英寸厚，这意味着收集更多的石头。很长时间里，采石场里堆满了积雪，什么事情也干不了。天气干冷的时候，工程取得了一些进展，但是那是要命的活儿，动物们感觉与以前大不一样，这次感觉简直没有什么希望。他们总是冻得瑟瑟发抖，经常饥饿难忍。只有博克塞和克洛弗始终没有灰心丧气。斯奎勒演说得天花乱坠，大谈什么服务的喜悦和劳动的尊严，不过其他动物看见博克塞身体力行，听他始终如一呐喊“我会更加努力工作”，从中获得了更大的激励。

到了一月，食物短缺了。谷物配给大幅度削减，告示说要多发土豆，把削减的食物配额补上。随后，大家却发现土豆收获的大部分储存在草皮堆里冻烂了，因为覆盖得不够厚实。土豆变得软乎乎，变了色，只有很少的部分还可以将就吃。有时一连数日没有粮食吃，只有谷糠和甜菜充饥。饿神好像对着他们虎视眈眈了。

向外部世界隐瞒这一事实是绝对必要的。风车坍塌给人壮了胆，他们就添油加醋地对动物农场编造了很多谎言。一时间，流言四起，说什么所有的动物都饿死了，病死了，他们只好继续窝里斗，已经到了同类相食、互食幼崽的地步。拿破仑很清楚，如果食物形势的真实情况为外人所知，糟糕的结果就会接踵而至，他决定利用文博先生传播相反的情况。到目前为止，动物们很少或者没有在文博先生每周来访期间与之接触过；现在，寥寥几个动物被挑选出来，多数都是绵羊，在刻意安排下，在文博先生听得到的地方不经意地说食物配额已经增加了。此外，拿破仑命令把仓房里几乎颗粒不剩的仓箱用沙子装得快满时，再用所剩不多的粮食覆盖在上面。随后找了一些合适的托词，把文博先生从仓房领过去，让他瞅几眼仓箱。他被欺骗了，继续向外部世界透露，说动物农场食物不短缺。

然而，挨到了一月底，显然必须从别的什么地方搞到一些粮食了。在这些日子里，拿破仑极少在公众面前露面，把他的全部时间都消磨在农场住宅里，这里每道门边都有那些凶恶的猛犬把守。一旦他露面了，就是一种威严十足的派头，六只猛犬不离左右，一旦有谁靠近就汪汪狂吠。久而久之，他甚至连星期天上午都不露面，只是通过别的猪传达他的命令，一般来说都是斯奎勒。

一个星期天上午，斯奎勒宣布，刚刚到了产蛋期的母鸡必须把鸡蛋交出来。拿破仑通过文博先生，已经签订了一份每周四百枚鸡蛋的合同。这些鸡蛋的价格可以换到足够的谷物和膳食，应付到夏季到来，情况有所改善。

母鸡们听到这一消息，不由得大吵大闹起来。她们早些时候已被提醒过，这种牺牲是必要的，但是她们不相信这种牺牲真的会发生。她们刚刚把窝清理出来，准备春天抱窝，于是纷纷抗议说，现在夺走这些鸡蛋就是谋杀。自从琼斯被驱逐以来，这是第一次发生类似造反的活动。在三只黑色米诺卡小母鸡的带领下，母鸡们下定决心合力挫败拿破仑的如意算盘。她们的方式是飞到椽头上，把鸡蛋下到那里，鸡蛋掉在地上摔得稀烂。拿破仑立即采取行动，毫不手软。他下命令把母鸡们的食物配额停止分发，颁布法令：任何同伴胆敢给母鸡们粮食之类的食物，格杀勿论。

猛犬监督这项法令执行下去。母鸡们坚持了五天，然后屈服了，乖乖地回到了下蛋箱里。与此同时，九只母鸡搭上了性命。她们的尸体被掩埋在果园里，给出的说法是她们死于球虫病。文博没有听说这一事件，鸡蛋如期交付，一家杂货商的货车一周来一次动物农场，把鸡蛋拉走。

这整个时期，斯诺鲍尔杳无音讯。有传闻说他躲藏在临近的农场里，要么是福克斯伍德农场，要么是品奇菲尔德农场。拿破仑这时和别的农场主相处得稍有改善。说来也巧，院子里正好有一堆木头，是十多年前堆放在那里的，当时一片山毛榉被砍伐了。风吹雨打的，木材很好使用了，文博建议拿破仑卖掉算了，皮尔金顿先生和弗雷德里克先生都急于买下这批木材。拿破仑在两个农场主之间犹豫，一时拿不定主意。人们注意到，只要他似乎要与弗雷德里克达成协议之际，就有传言宣称斯诺鲍尔藏身于福克斯伍德农场，而在他有意和皮尔金顿做买卖时，又听说斯诺鲍尔躲进了品奇菲尔德农场。

早春时节，一件让人警觉的事情被人察觉。斯诺鲍尔在夜间频频暗访动物农场！动物们一时人心惶惶，在他们的窝里几乎夜不成寐。据说，每天夜里斯诺鲍尔都在夜幕的掩盖下潜伏进来，进行各种各样的破坏活动。他偷走谷物，弄翻牛奶桶，打碎鸡蛋，践踏苗圃，啃咬果树皮。只要破坏活动发生了，十之有九会归罪于斯诺鲍尔。如果窗户被打破了，或者一处排水系统堵塞了，有人就肯定地说斯诺鲍尔夜里来过，干了坏事，而且当储藏屋的钥匙丢失时，整个农场就完全相信斯诺鲍尔把钥匙扔到水井里了。最不可思议的是，他们在那把丢失的钥匙在粮食口袋下找到时，依然相信钥匙是斯诺鲍尔丢掉的。奶牛们异口同声地说，斯诺鲍尔悄悄溜进了她们的牛圈，在她们睡觉时把她们牛奶挤没了。还有老鼠，那个冬季格外猖獗，据说是和斯诺鲍尔沆瀣一气了。

拿破仑颁布法令说，对斯诺鲍尔的破坏活动应该进行一次全面的调查。在那些猛犬的前呼后拥下，他对农场各建筑物进行了一次仔细的巡查，别的动物跟在身后，保持了一种敬畏的距离。每走几步，拿破仑便停下，嗅一嗅地面，寻找斯诺鲍尔的蹄子印迹，他说他的鼻子一闻就解决问题了。他闻遍了每个角落，仓房、牛棚、鸡舍、菜园，他发现斯诺鲍尔的痕迹无处不在。他会把他的长鼻子触及地面，深深地闻上几鼻子，用耸人听闻的声音嚷嚷说：“斯诺鲍尔！他来过这里！我能清晰地闻到他的味道！”所有的猛犬一听到“斯诺鲍尔”这个名字，就会发出震慑人心的吠叫，把白花花的牙齿露出来。

动物们彻底被吓破了胆。他们好像觉得斯诺鲍尔具有某种看不见的影响力，弥漫于他们周围的空气里，各种危险都威胁到了他们。到了晚上，斯奎勒把他们召集起来，一脸警觉的神情，告诉他们他有重要的消息要报告。

"同志们！"斯奎勒尖叫道，神经兮兮地小跳了几下，"一件最可怕的事情终于被发现了。斯诺鲍尔把自己出卖给品奇菲尔德农场的弗雷德里克了，直到现在还在策划攻击我们，想从我们手中夺走农场！等发动攻击时，斯诺鲍尔就充当向导的角色。但是，比这更坏的情况还有呢。我们原以为斯诺鲍尔造反是由于他的虚荣和野心引发的。可是我们错了，同志们。你们知道真正的原因是什么吗？斯诺鲍尔从一开始就和琼斯串通一气了！他一直是琼斯的秘密间谍。他逃走时留下的各种文件证明了这点，我们刚刚发现了这些文件。在我看来，这下澄清了很多疑问，同志们。难道我们自己没有看出来他如何企图——幸亏没有成功——在牛棚之战中让我们吃尽苦头而后消灭我们吗？"

动物们被搞傻了。这等邪恶行为比起斯诺鲍尔破坏风车就不可同日而语了。但是，他们还是一时不能完全接受这个说法。他们都记得，或者认为他们记得斯诺鲍尔在牛棚之战中如何冲锋在前，如何在每一个关键时刻号召他们，激励他们，而且在琼斯的枪弹打伤了他的脊背后如何毫不犹豫勇往直前。一开始，如何把这种表现和他与琼斯串通一气联系起来还有点困难。就是博克塞，一向很少产生疑问，这下都给搞迷糊了。他卧下来，把前蹄蜷曲在身下，闭上眼睛，用了很大力气梳理他的思绪。

"我不相信这话，"他说，"斯诺鲍尔在牛棚之战中作战勇猛。我亲眼看见的。难道我们事后没有马上给他颁发'动物英雄一级勋章’吗？”

“那是我们的错误，同志。因为我们现在才知道——这都写在我们发现的秘密文件里了——实际上他是在试图引诱我们上当受骗的。”

“但是他受伤了，”博克塞说，“我们看见他流血了。”

“这是故意安排的一部分！”斯奎勒尖叫道，“琼斯的子弹只擦伤了他的皮肤。我可以让你看看他亲自写的东西，如果你能看懂的话。在关键的时刻，斯诺鲍尔的如意算盘是发出逃跑的信号，把阵地留给敌人。他差一点就得手了——我甚至要说，同志们，如果不是我们英雄的领袖拿破仑同志在场，他就得手了。你们难道不记得，就在琼斯和他的雇工们进了院子的那个时刻，斯诺鲍尔突然转身逃跑了吗？很多动物还紧紧跟在他后面呢。你们难道也不记得，就在那个关键时刻，恐惧在蔓延，一切好像都完蛋了，拿破仑同志于是向前冲去，大喊‘人类去死吧’，然后用牙咬住了琼斯的腿吗，同志们？”斯奎勒嚷叫一通，蹄子蹦来蹦去的。

斯奎勒如此这般地描述了一番，如此逼真，动物们似乎觉得他们真的记起来了。不管怎么，他们记得在战斗的关键时刻，斯诺鲍尔转身逃跑了。但是博克塞仍然感到有点不安。

“我不相信斯诺鲍尔一开始就是一个卖国贼，”他最后说，“后来他所做的事情是另一回事。但是，我相信他在牛棚之战里是一个好同志。”

“我们的领袖，拿破仑同志，”斯奎勒宣布说，口气十分缓慢而坚定，“已经明确声明——明确声明，同志——斯诺鲍尔从一开始就是琼斯的间谍——是的，早在造反之前就这么认为了。”

“啊，那就两说了！”博克塞说，“如果拿破仑同志说了，那一定是正确的。”

“这才是真正领会精神了，同志！”斯奎勒尖叫道，但是大家注意到他向博克塞投去了丑陋的一瞥，两只小眼睛滴溜溜的。他转身走了，然后又停下，一句一顿地补充说：“我告诫本农场的各位动物，把你们的眼睛睁得大大的吧。因为我们有理由认为斯诺鲍尔的一些秘密间谍此时此刻就潜伏在我们中间！”

四天后，下午晚些时候，拿破仑命令所有的动物在院子里集合。大家到齐时，拿破仑从农场住宅里钻出来，戴着两枚勋章（他最近给自己颁发了“动物英雄一级勋章”和“动物英雄二级勋章”），九只猛犬不离左右，活蹦乱跳的，汪汪狂吠，令下面所有动物的脊梁骨发麻。他们安静地待在各自的位置上，似乎早已知道某件可怕的事情就要发生了。

拿破仑威严地站在那里，扫视他的听众，然后，他扯尖嗓子叫了一声。那些猛犬立即向前跳去，咬住了四只猪的耳朵，不顾他们又疼又怕，吱吱乱叫，一直把他们拖到了拿破仑蹄子旁。那些猪的耳朵血淋淋的，猛犬们品尝到了血腥的滋味，一时间他们看起来就要疯狂了。令众人目瞪口呆的是，其中三只猛犬向博克塞扑了上去。博克塞看见他们气汹汹扑来，用他的大蹄子迎住他们，在空中把一只猛犬踢中了，一下子把他死死地踩在地上。那只猛犬吱哇乱叫，另外两只狗见状夹着尾巴逃跑了。博克塞瞪着拿破仑，想知道他是应该把那只猛犬踩死还是放他一命。拿破仑看上去脸色大变，严厉地命令博克塞把那只狗放了，博克塞听了抬起他的蹄子，那只猛犬仓皇逃走，伤痕累累，嗷嗷惨叫。

不一会儿，这次骚动平息下来。那四只猪等候发落，哆哆嗦嗦，脸上的每条纹路都写上了罪过。拿破仑这时叫他们坦白罪过。他们就是那四只曾经抗议拿破仑取消星期日动物大会的小猪。不用进一步催促，他们就坦白自从斯诺鲍尔被驱逐后就一直与他们暗中接触，还坦白和他里应外合，破坏了风车，又坦白已经和他达成了协议，要把动物农场拱手让给弗雷德里克先生。他们补充说，斯诺鲍尔私下向他们说过，他多年来一直是琼斯的秘密间谍。他们刚刚完成了坦白，那些猛犬立即把他们的喉咙咬断，拿破仑随后用一种吓人的声音责问，哪个动物还有什么要坦白。

那三只在那次试图造反护蛋的活动中曾经带头闹事的母鸡，这时走到前面，声明说斯诺鲍尔在一次梦中出现在她们面前，要她们别服从拿破仑的命令。她们也被屠杀了。然后，一只鹅走向前面，坦白说在去年的秋收期间隐藏了六个玉米穗，在夜间偷偷吃掉了。然后，一只绵羊坦白说在饮水池里尿过尿——是斯诺鲍尔敦促她这样干的，她如是说——另有两只羊坦白谋杀了一只特别忠于拿破仑的老公羊，当时他患了重感冒，她们围绕一堆篝火一圈又一圈地追赶他。这些坦白者都当场毙命了。就这样，坦白和处决进行了一起又一起，后来一堆尸体摞在了拿破仑的蹄子旁，空气里充满了浓重的血腥味儿，这是自从赶走琼斯后闻所未闻的。

大清洗结束后，除了猪们和狗们，剩下的动物一起离去了。他们心惊胆战，无比惨痛。他们不知道哪种情况更令人吃惊——与斯诺鲍尔结盟的动物们的背叛行为，还是他们刚刚目睹的残忍的杀戮。在过去，经常发生血腥的场面同样可怕，但是他们都好像觉得血腥的场面现在发生在他们自己中间更加可悲。自从琼斯离开农场，直到今天，没有动物自相残杀的。连一只老鼠也没有被杀害过。他们径直来到那个小山岗，修建到一半的风车耸立其上，他们不约而同地卧下来，仿佛挤在一起互相取暖——克洛弗、缪里尔、本杰明、奶牛们、绵羊们，还有一大群鹅和母鸡——的确，大家都来了，只有猫没来，因为她在拿破仑命令动物集合时突然不见踪影了。很久，没有谁开口说话。只有博克塞还站立着。他烦躁地走来走去，长长的黑尾巴向两边拂来拂去，偶尔因为受惊低嘶一声。最后，他说：

“我不明白这是怎么回事儿。我怎么都难以相信这样的事情会发生在我们的农场。一定是我们自己犯了什么错误。依我看，只有更加辛苦地干活才能将功补过。从现在起，我要在早上早起整整一个小时。”

随后，他迈开沉重的大蹄子一路小跑，奔向采石场。到了采石场，他连续捡满了两车石头，拉到风车边，才回去过夜了。

动物们都蜷卧在克洛弗周围，一言不发。他们占据的小山岗俯视乡村，视野很开阔。动物农场大部分尽收眼底——长长的牧场一直延伸到那条大路、干草地、小树丛、饮水池、麦苗很密很绿的耕地、农场建筑物那些红红的屋顶，袅袅青烟从烟囱飘出来。那是一个清朗的春日黄昏。青草和繁密的树篱涂上了层层阳光，金闪闪的。眼前的农场——有些吃惊的是他们还记起来农场是他们自己的农场，每一寸土地都是他们自己的——动物们深刻感觉到是一个如此渴求的地方。克洛弗望着山坡，不禁泪水盈眶。如果她能讲出她的思绪，千言万语汇成一句：他们多年前费尽艰辛推翻人类，他们追求的目的可不是目前的样子。那些恐怖和屠杀的场面，无论如何不是老少校起初鼓动他们造反时所期望的。如果她本人有什么未来的图景，那应该是一个动物们摆脱饥饿和皮鞭的社会，人人平等，各尽所能，保护弱小，如同她在老少校讲话时用她的前腿保护最后入场的那群小鸭子那样。恰恰相反——她不明白为什么——他们盼到了一个谁都不敢讲心里话的时代，那些凶猛的狂吠的猛犬横行，而你不得已目睹你的同志在坦白了莫须有的罪过后统统被撕成了碎片。她脑海里没有想到造反和抗命。她知道，事情即使到了这一步，他们过得也远比在琼斯时代好，也知道防止人类复辟是头等大事。不管发生什么事情，她都要保持忠诚，努力干活儿，执行下达给她的命令，接受拿破仑的领导。然而，她和所有其他动物艰苦奋斗所希望的不是这个。他们修建风车和面对琼斯的枪弹不仅是为了这个，这些就是她的思想，尽管她没有语言把它们表达出来。

最后，发觉这些思想活动她无法找到词汇表达清楚时，她开始唱起《英格兰动物之歌》。卧在她周围的其他动物跟着唱起来，他们一口气唱了三遍——非常动听和谐，只是很缓慢，很悲情，这是他们过去从来没有唱出来的。

他们刚刚唱完第三遍，斯奎勒在两只猛犬的陪同下，来到他们跟前，摆出一副宣布重要事情的架势。他宣布说，根据拿破仑同志的特别训令，《英格兰动物之歌》已经废除了。从现在起，这首歌就成了禁歌。

动物们一下子不知所措了。

“为什么？”缪里尔问道。

“这首歌不再需要了，同志，”斯奎勒生硬地说，“《英格兰动物之歌》是一首造反歌。可是造反现在完成了。今天下午处决卖国贼是最后的行动。场内场外的敌人都被打垮了。《英格兰动物之歌》表达了我们渴望一个总有一天会到来的更好的社会。这样的社会如今已经建立起来。很显然，这首歌不再有什么意义了。”

尽管他们心有余悸，但是有的动物还是准备抗议，但就在这个时候，绵羊又一如既往地开始咩咩叫起“四条腿好，两条腿坏”，一唱就是好几分钟，把这次争论搅和了。

于是，《英格兰动物之歌》就销声匿迹了。取而代之的是米尼缪斯，那个诗人，写的另一首歌儿，开头是这样的：

> 动物农场，动物农场，
> 你永远不会让我受伤！

每个星期天早上升旗之后，这首歌就成必唱之歌。但是，不知怎的，动物们觉得无论是歌词还是曲调，好像都和《英格兰动物之歌》不可同日而语。

第八章

几天之后，就地正法造成的恐惧平息下去时，一些动物记起来——或者以为他们记起来——第六条戒律明文规定 :“任何动物都不得杀害别的动物。”尽管在猪们和狗们能听到的范围里没有谁在意提起这一戒律，但是大家觉得已经发生的屠杀事件和这条戒律是背道而驰的。克洛弗要求本杰明给她念一念第六条戒律，在本杰明像以往一样说他不愿意掺和这样的事情时，克洛弗转而求助于缪里尔。缪里尔为克洛弗念了念第六条戒律。该条戒律说 :“任何动物不得杀害其他动物而毫无理由。”不知什么缘故，最后五个字不曾进入过动物们的记忆。但是，他们现在看出来，该条戒律并没有谁违反了 ；显然，把那些与斯诺鲍尔串通一气的变节分子杀掉是有充分理由的。

那年一年到头，动物们甚至比上一年干得还要辛苦。重建风车，墙壁比以前厚一倍，还要在规定的时间里完成，农场按部就班的活儿还不能落下，繁重的劳动可想而知。有很多次，动物们似乎感觉他们干活儿时间更长，吃得却远不如琼斯时代好了。在星期天上午，斯奎勒用蹄子夹住一张长长的字条，给他们念出来一大串数字，表明每一级食物生产按照大好形势来看，都会增加百分之二百、百分之三百或者百分之五百不等。动物们找不出什么理由不相信他的话，尤其他们对造反前的情况究竟如何记得不那么清楚了。尽管如此，在一些日子里，他们觉得他们宁愿少听些数字，多得到些实惠。

现在，所有的命令都是通过斯奎勒或者一只别的猪传达的。拿破仑本人不像过去那样经常出现在公众面前，两个星期才露一次面。一旦他露面，他不仅由那些猛犬左右陪同，还由一只黑公鸡大摇大摆地在前面开路，充当喇叭手，在拿破仑开始讲话前扯尖嗓子“咕咕咯咯”叫一阵子。据说，即便在农场住宅里，拿破仑也单独占用单间套房，和别的动物不在一起。他单独用餐，两只猛犬陪在左右，起居室那个玻璃橱柜保存的那套“皇冠德比[1]”瓷器，成了他的专用餐具。另有明文规定说，每年拿破仑的生日都要鸣枪庆祝，规格如同其他两个重要的纪念日。

拿破仑现在再也不能简单地称之为“拿破仑”。一提到他，

① 印有王冠标记的德比瓷器，1784 年至 1848 年间生产于英国德比郡。

人们就必须按照正式规定称之为“我们的领袖拿破仑同志”，猪们喜欢为他挖空心思发明诸如“动物们的父亲”“人类的克星”“羊圈的守护神”“鸭子的朋友”之类的美称。在斯奎勒讲话时，他总是顺脸颊淌着热泪，大讲拿破仑的智慧，大谈他的慈悲心肠以及他对世上每个角落所有动物深切的关爱，特别是那些至今还在其他农场上生活在水深火热之中的不幸的动物们。只要有什么丰功伟绩，只要有什么一帆风顺的好事，都要归功于拿破仑。你经常能听见一只母鸡对另一只母鸡说：“在我们的领袖拿破仑同志的英明指导下，我六天下了五个鸡蛋。”或者两头奶牛在饮水池边一边大口喝水，一边由衷赞扬说：“感谢拿破仑同志的英明领导，这水喝来是多么甜啊！”农场上盛行的普遍感情，在一首名为《拿破仑同志》的诗歌里表达得很到位，是由米尼缪斯写的，全文如下：

无父的动物们的朋友！
幸福的源头！
食桶的主！啊，我的灵魂会面临
大火，只要我注视您
安详的威严的目光，
如同天空的太阳，
拿破仑同志！

您就是恩主
您的所有受惠的动物，
一天填饱两次肚，在干净麦秸上打滚儿；
每只动物无论大小
能在窝里安生睡觉。
您把大家守护得好，
拿破仑同志！

如果我有一只吃奶的小猪娃，
在他成大猪前吱吱哇哇，
哪怕是品脱瓶或者擀面杖，
他都应该学会高唱
对您信誓旦旦诉衷肠，
是的，他的第一声尖叫应唱
“拿破仑同志！”

拿破仑对这首诗赞赏有加，下令把它刻在大仓房的墙上，和“七大戒律”遥相呼应。诗的上面悬挂了一幅拿破仑的肖像，是斯奎勒用白色颜料画成的一幅侧面像。

与此同时，通过文博从中穿梭沟通，拿破仑与弗雷德里克和皮尔金顿进行了艰苦卓绝的谈判。那堆木材还没有出售。两个买主中弗雷德里克更着急把木材买下，但是不愿意出一个合理的价格。就在这个时候，又有新的传闻说弗雷德里克和他的雇工正在谋划攻打动物农场，摧毁风车，因为修建风车早已让他耿耿于怀，不除不快。斯诺鲍尔据传仍然躲藏在品奇菲尔德农场上。夏季过半，动物们胆战心惊地听说三只母鸡主动交代说，在斯诺鲍尔的蛊惑下，她们参加了一次谋杀拿破仑的行动。她们立即被处以极刑，并且采取了新的种种措施保证拿破仑的安全。四只猛犬夜间守卫在他的床边，每个床角一只猛犬，一只名叫品克耶的小猪被委以重任，负责品尝拿破仑吃的所有食物，生怕食物里有毒。

大约就在这个时候，有传闻说拿破仑已经安排好，把那堆木材卖给了皮尔金顿先生；他还要达成一项正式协议，在动物农场和福克斯伍德农场之间交换某些产品。拿破仑和皮尔金顿之间的关系，尽管他们只是通过文博从中沟通，现在却几乎是同志加友谊了。动物们不相信皮尔金顿，作为人这种东西，他们更愿意选择弗雷德里克，因为他们对他既怕又恨。随着夏季过去，风车即将竣工，一起不久就要发生的阴谋攻击的流言越传越厉害了。听人家说，弗雷德里克打算带领二十来个人来攻打他们，全部荷枪实弹，而且已经贿赂了政府人员和警察，因此，如果他真的掌握了动物农场的房地产契据，那么动物们就束手待毙了。更有甚者，品奇菲尔德农场还传出了很多可怕的情况，说的都是弗雷德里克在他的动物们身上施行的种种残暴的手段。他曾把一匹老马活活打死，让他的奶牛忍饥挨饿，把一只狗扔进火炉里活活烧死，还给公鸡的腿上捆绑尖利的锋刃让他们互相残杀，他在夜晚斗鸡，从中取乐。动物们听说了自己的同志受到这般残忍的虐待，不禁群情激愤，热血沸腾，有时他们会强烈要求让他们一起冲出去攻打品奇菲尔德农场，把人赶走，解放那里的动物们。但是，斯奎勒劝阻他们别鲁莽行事，要相信拿破仑同志的雄韬大略。

然而，反对弗雷德里克的感情继续在不断升温。一个星期天早上，拿破仑出现在大仓房，解释说他从来没有考虑过把木材卖给弗雷德里克；他说，和这样劣迹斑斑的无赖做交易，他认为这会严重损害他的尊严。哨鸽们仍然被派出去散布造反的消息，却被禁止涉足福克斯伍德农场，而且被命令不再散发过去“人必亡”的口号，改为“弗雷德里克必亡”的口号了。到了夏末，斯诺鲍尔的另一个阴谋又被暴露在光天化日之下。小麦收成里都是野草，经查是在斯诺鲍尔一次夜访时把草籽掺进小麦种子里了。一只公鹅秘密参与了这次活动，他向斯奎勒坦白了罪行后，立即吞服了致命的龙葵自杀身亡了。动物们现在又听说，斯诺鲍尔从来——如同他们中很多人目前为止所相信的——没有得到过“一级动物英雄”的勋章。那是牛棚之战之后不久一段时间里斯诺鲍尔自己散布出来的。除了接受勋章这事儿被揭发出来，他还被指责在那次战役里表现得胆小如鼠。一些动物听到这些说法又一次感到迷惑，但是斯奎勒很快又让他们相信，他们的记忆出了毛病。

到了秋天，经过艰苦卓绝的劳作——因为秋收几乎是在同一时间里进行的——风车终于竣工了。机器设备还没有安装好，文博正在谈判购买事宜，但是框架结构总算修建起来了。虽然困难重重，缺乏经验，各种手段都很原始，运气极差，加之斯诺鲍尔阴谋破坏，风车工程还是按照日期准时完工了！疲惫不堪，但是颇为自豪，动物们围绕着他们的杰作走啊走啊，走了一圈又一圈，在他们看来更加美丽，比第一次修建的样子壮观多了。还有，墙壁比以前厚了一倍。这次，除了用炸药爆破，任凭什么破坏都奈何不了了！当他们想起他们当初如何艰苦卓绝地干活儿，他们克服了什么样的种种不利因素，然而等风帆转起来，发动机发了电，他们的生活会有多么巨大的变化——当他们想起这一切，他们的苦累就不在话下，围着风车跳啊蹦啊，为胜利大声喝彩。拿破仑本人，在他的猛犬和那只小公鸡的前呼后拥下，前来现场视察这项竣工的工程。他以个人名义祝贺动物们取得的成就，宣布说风车要取名“拿破仑风车”。

两天之后，动物们被召集在一起，在大仓房召开紧急会议。当拿破仑宣布说他把木材出售给了弗雷德里克时，他们都惊讶得目瞪口呆了。第二天弗雷德里克的马车就要来把木材拉走。在与皮尔金顿同志加友谊的交往期间，拿破仑其实一直在秘密地与弗雷德里克交往。

和福克斯伍德农场的所有关系都中断了；侮辱性的语言这下都编派在了皮尔金顿的头上。哨鸽被告知避开品奇菲尔德农场，把他们的口号“弗雷德里克必亡”改成了“皮尔金顿必亡”。与此同时，拿破仑向动物们保证，各种关于一场迫在眉睫的攻击动物农场的行动的流言，完全是空穴来风，而且关于弗雷德里克虐待他的动物的恶行则完全是夸大其词。所有这些谣言也许都是斯诺鲍尔和他的代理人一手策划的。目前看来，斯诺鲍尔说到底没有藏在品奇菲尔德农场，实际上他这辈子都从来没有藏身那里：他一直住在——据说相当豪华舒适——福克斯伍德，而且实际上多年来一直是皮尔金顿的养老金领取者。

猪们对拿破仑的声东击西的精明手段欣喜若狂。表面上和皮尔金顿建立同志加友谊的关系，从而迫使弗雷德里克把木材的价格提高了十二镑。不过，斯奎勒说，拿破仑心机高人一筹的地方，还在于事实上他不相信任何人，连弗雷德里克都不相信。弗雷德里克想用叫作什么支票的玩意儿支付这批木材，一看那原来只是一张薄纸，上面写了一种承诺而已。然而，拿破仑精明过人，不会上弗雷德里克的当。他要求用真实的五镑钞票支付，而且要在木材运走之前把钞票付清。弗雷德里克已经把款付清了；

这笔款正好够购买风车的机械设备。

同时，那堆木材正在被马车运走，速度很迅猛。木材被运走后，动物们在大仓房又召开了一次会议，一起来对弗雷德里克的钞票一睹为快。拿破仑喜上眉梢，佩戴上了他的两枚英雄勋章，牛哄哄地坐卧在那个台子的草垫上，那些钞票就摆放在他身边，整整齐齐地摞在从农场住宅厨房拿来的一个瓷盘上。动物们排起队伍，慢慢地走过去，依次尽量看个够。博克塞伸出他的大鼻子，闻了闻那些钞票的味道，那些又轻又薄的白色东西，在他的气息里唰唰作响。

三天之后，一场可怕的大混乱发生了。文博，脸色灰白如纸，骑着自行车飞快地一路奔来，把自行车撂在院子里，直接跑进了农场住宅。紧接着，拿破仑的单间套房里便传出了气急败坏的嗷嗷号叫。出事的消息像野火一样传遍了农场。那些钞票全是假钞！弗雷德里克把木材弄到了手，却分文未付！

拿破仑立即把动物们召集起来，用一种可怕的声音宣布弗雷德里克死刑。他说，弗雷德里克一旦被抓获，就要活生生地煮死。同时，他告诫他们，这种背信弃义的行动发生后，最坏的事情就在所难免了。弗雷德里克和他的雇工可能随时发起他们蓄谋已久的攻击。哨兵们被安置在农场的所有出入口上。另外，四只哨鸽被派往福克斯伍德农场，带去了要求和好的信息，意思是希望和皮尔金顿重建友邻和睦关系。

第二天早上，攻击说来就来了。动物们正在用早餐，哨兵们就跑来报信，说弗雷德里克及其追随者已经穿过了五条杠大门。动物们天不怕地不怕，冲过去对付他们，但是这次他们却无法像在牛棚之战中一样轻而易举地获得胜利。一家伙来了十五个人，其中六七个人都手中有枪，他们冲进五十码远就立即开火。动物们无法面对砰砰啪啪的爆炸和嗖嗖打来的弹丸，尽管拿破仑和博克塞都在努力还击他们，但是很快动物们就节节败退了。不少动物都受伤了。他们在农场建筑里躲藏起来，小心翼翼地从裂缝和结孔向外张望。整个大牧场，包括风车，都落入了敌人的手里。此时此刻，即便拿破仑也束手无策了。他踱来踱去，一言不发，尾巴直撅撅地甩来甩去。眼巴巴的目光不停地向福克斯伍德农场望去。如果皮尔金顿和他的雇员愿意帮助他们，这天还不至于一败涂地。但是这时当天早些时候派出去的四只哨鸽飞了回来，其中一只带来了皮尔金顿的一张小字条。上面用铅笔写了如下几个字："你们活该。"

与此同时，弗雷德里克及其雇员们在风车一带停下来。动物们盯住他们，吓得不停地窃窃私语。有两个人找到了一个撬杠和大锤。他们要把风车砸烂。

"不可能！"拿破仑尖叫道，"我们把墙垒得很厚，他们无可奈何。他们一个星期也砸不烂风车。鼓起勇气，同志们！"

但是，本杰明一直专注地观察人们的行动。拿铁锤和撬杠的两个人正在风车的基部打眼儿。慢悠悠地，带着一种近乎开心的神情，把他那张大长驴脸摇动了几下。

“我想准是这么回事儿，”他说，“你们还看不明白他们在干什么吗？一转眼的工夫，他们就要把炸药装进那个眼儿里去了。”

太可怕了，动物们束手无策。现在不可能从农场建筑物的隐蔽处冲出去。过了不大一会儿，他们看见人们向四下跑开。随后，一声震耳欲聋的轰鸣声响起。鸽子们冲向了天空，除了拿破仑，所有动物都趴倒在地，把脸埋起来。等他们再站起来，一股浓浓的黑烟悬浮在风车所在的位置。缓缓地，轻风把黑烟吹散了。风车已经荡然无存了！

目睹此情此景，动物们的勇气重新振作起来。此前他们感觉到的那种恐惧和绝望，被这种卑鄙的可耻的行径激起的愤怒淹没了。复仇的呼声一下子喊出来，无须进一步的命令，他们成群结队地冲了出去。这次，他们不在乎那些像冰雹一样向他们飞来的无情的弹丸。这是一场野蛮的艰苦的战役。人一轮又一轮地放枪，当动物们冲到跟前时他们又使用手中的棍棒和厚重的皮靴逞凶。一头奶牛、三只绵羊和两只鹅先后被打死了，几乎每一位都受了伤。连跟在末尾督阵的拿破仑也被弹丸打掉了尾巴尖儿。但是人也没有占到大便宜。其中三个人被博克塞的大蹄子踢碎了脑袋，还有一个人被一头奶牛的角顶破了肚子，另有一个人的裤子差不多被杰西和布鲁贝尔扯了个稀烂。拿破仑的贴身保镖九只猛犬按照拿破仑的指示，在树篱的掩护下进行迂回攻击，突然出现在人们的侧翼，气汹汹地汪汪大叫，恐怖立即笼罩住那几人。他们看出来他们陷入了危险的包围之中。弗雷德里克对他的雇员大喊大叫，要他们趁着来得及赶快撤退，转眼之间那些胆小如鼠的敌人就仓皇逃命去了。动物们乘胜追击到田地的尽头，在人们强行穿过荆棘树篱时又发起了一轮攻击。

他们获胜了，但是他们疲惫不堪，浑身血淋淋的。他们缓缓地开始返回农场，瘸的跛的都有。目睹自己的同志们横尸草丛，一些动物难过得直流泪。有那么一会儿，他们一声不响地待在风车曾经耸立的地方。是的，风车荡然无存了，他们艰苦创业的最后一丝痕迹都几乎消失了！连风车的根基都被炸掉了一部分。如果重建风车，与过去无法相比，因为无法利用散落在地上的石头。这次，那些石头都不见踪影了。爆炸的力量把石头崩到了数百码远之外。仿佛风车压根儿就没有存在过。

当他们来到农场时，在战斗中一直不知去向的斯奎勒蹦蹦跳跳地向他们走来，尾巴摇晃得嗖嗖响，一副心满意足的样子。动物们听到，从农场建筑物的方向，传来了一声肃穆的隆隆礼枪鸣响。

“打枪为了什么呢？”博克塞问道。

“庆祝我们的胜利！”斯奎勒尖声尖气地答道。

“什么胜利？”博克塞问道。他的膝盖在流血，一个马蹄掌丢掉了，蹄子因此崩裂，六七颗弹丸射进了他的后腿。

“什么胜利吗，同志？难道我们没有把敌人赶出我们的沃土吗——动物农场这块神圣的沃土？”

“可是他们把风车炸掉了。我们修建风车用了整整两年啊！”

“那有什么关系？我们会修建另一座风车。只要我们喜欢，我们可以修建六座风车。同志啊，你没有领略到我们做出的丰功伟绩。敌人占领了我们现在所站立的地盘。可现在——多亏拿破仑同志的英明领导——我们把每一寸领土都夺了回来！”

“这么说我们夺回了我过去所拥有的领土了。”博克塞说。

“这就是我们的胜利嘛。”斯奎尔说。

他们一瘸一拐地走进了院子。射进博克塞后腿皮层的弹丸引起阵阵疼痛。他看到了从根基重建风车的繁重劳动，并且已经想象到他振作起来迎接这一任务。可是，他生平第一次联想到他已经十一岁了，也许他的大肌肉不像过去那么结实有力了。

但是，动物们看见那面绿色旗帜高高飘扬，听见那枪鸣响——一下子鸣响了七次——听了拿破仑所做的讲话，对他们的英勇行为予以表扬，这时，他们似乎觉得毕竟他们取得了一场伟大的胜利。为阵亡的动物们举行了一次庄严的葬礼。博克塞和克洛弗拉着权作灵车的四轮马车，拿破仑本人走在葬礼队伍的前面。他们用了整整两天举行庆祝活动。欢歌、讲话和礼枪鸣响，还有一个苹果的特别礼物分送给每个动物享用，每只家禽分到两蒲司谷物，每只狗得到了三块饼干。公告宣布说，这场战斗取名为“风车之战”，而且拿破仑又发明了一项新的奖章，即“绿旗勋章”，他颁发给了他自己。在普天同庆的活动中，假钞的不幸事件被遗忘了。

此后又过了几天，猪们在农场住宅的地下室偶然得到一箱威士忌。这所房子起初被占用时，这箱威士忌没有引起注意。那天夜里，农场住宅传出来高声歌唱的声音，出乎每个动物的意料，《英格兰动物之歌》的旋律间杂其中。大约九点半，拿破仑头戴琼斯的高顶礼帽，谁都看得见他从后门走了出来，在院子里快步地跑圈子，然后便消失在屋门里了。但是，到了早上，农场住宅上面悬浮着一片死一般的寂静。快到九点钟的时候，斯奎勒才露面，走得慢吞吞的，垂头丧气，两眼痴呆无光，他的尾巴软塌塌地垂在后面，怎么看都是一副大病在身的样子。他把动物们召集起来，告诉他们有一则重大的消息要发布：拿破仑同志生命垂危！

哀悼的哭声顿时响起。住宅农场门前堆起了麦秸，动物们蹑手蹑脚地走动。他们眼含泪水，彼此询问：如果他们的领袖被死神从他们身边夺走，他们可怎么办。一则流言传来，说斯诺鲍尔设下圈套，把毒药下进了拿破仑的食物里。到了十一点钟，斯奎勒出来宣布了另一则公告。在弥留之际，拿破仑同志宣布了另一条重大的法令：饮酒将会被处以死刑。

但是，到了晚间，拿破仑看起来转危为安了，到了第二天早上，斯奎勒竟能够宣布，拿破仑状况良好，正在恢复之中。当天夜晚，拿破仑回到了工作岗位，到了第二天，大家听说他指示文博在威林登城买些酿酒的小册子。一周之后，拿破仑下达命令，果园那边那块小牧场，过去曾打算留给丧失劳动力的动物们做喂养场，现在耕作出来另作他用。冠冕堂皇的说法是牧场用乏了，需要再种植。实际上大家很快弄清楚，拿破仑打算用来种植大麦。

大约在这个时期，一件奇怪的事情发生了，几乎所有的动物都弄不明白。一天夜里，大约十二点钟，院子里传来一声巨响，动物们纷纷冲出了窝棚。那是一个月光清朗的夜晚。在大仓房山墙的下面，本是“七大戒律”书写的地方，一架梯子倒在下面，一折两段了。斯奎勒一时惊得不知所措，在坏梯子旁边乱爬，身边有一盏灯笼、一把颜料刷子和一个打翻的白色颜料罐。猛犬们立即把斯奎勒围起来，等他刚刚能走时陪同他回到了农场住宅。动物们谁都搞不明白这个现场说明了什么，只有老本杰明心知肚明，把他那张长驴脸点了点，一副了然于心的样子，看样子搞明白了，但是却什么都没有说。

但是没过几天，缪里尔默念“七大戒律”时，发现又有一条戒律动物们搞错了。他们原以为第五条戒律是“任何动物不得饮酒”，但是他们忘记了两个字。实际上，那条戒律说：“任何动物不得饮酒过度。”

第九章

博克塞崩裂的蹄子很长时间都难以愈合。动物们已经开始重建风车，庆祝胜利活动结束的当天就开始了。博克塞拒绝哪怕歇班一天，为了名誉尽量不让别人看出来他在忍受痛苦。到了夜里，他私下跟克洛弗承认说，那只崩裂的蹄子给他造成了很大不便。克洛弗把草药嚼碎敷在那只蹄子上，她和本杰明都敦促博克塞干活儿悠着点儿。“马的肺不是铁打的。”克洛弗对博克塞说。但是博克塞哪里肯听。他说，他这辈子只有一个真正的雄心了——那就是在他退休的年龄看见风车正常运转起来。

一开始，动物农场当初制定法律时，规定退休年龄马和猪都是十二岁，奶牛是十四岁，狗是九岁，绵羊是七岁，母鸡和鹅是五岁。规定的养老金也很宽裕。目前为止，还没有哪个动物实际上退休在家，靠退休金过日子，但是近来这个问题讨论得越来越多了。眼看果园那边那块小地被用来种大麦，有传言说大牧场的一个角落会被用栏杆隔离出来，给年老退休的动物做喂养地。据说，对一匹马来说，退休金是一天五磅谷物，而到了冬季，一天有十五磅干草，公共假日多发一个红萝卜或者可能一个苹果。到了明年夏季末，博克塞就要过十二岁生日了。

这一时期生活很艰苦。冬天像上一个冬季一样异常寒冷，食物甚至更为短缺。所有的定量都减缩了，只有猪和狗的配额还好。斯奎勒解释说，定量绝对平等是违反动物主义原则的。不管遇到什么情况，他都巧舌如簧，向别的动物证明他们实际上并不缺少食物，不管各种表面情况如何。当然，就目前情况来说，对定量进行调整是有必要的（斯奎勒总是用“调整”一词，而不用“缩减”），但是与琼斯时代相比，生活改善是相当巨大的。他用尖嗓子把各种数字念出来，念得飞快，向动物们详尽地证明他们食用了更多的燕麦、干草、胡萝卜，远远超出了琼斯时代，而他们干活时间却少了，连他们喝的水的质量也更好了，他们寿命更长，他们的幼崽成活率大大提高，圈棚里有了更多的干草，因此少受跳蚤咬了。动物们相信他说的每一个词儿。说实话，琼斯以及他所代表的一切，几乎全都从他们的记忆里消失了。他们知道如今的生活很艰难，缺吃少喝，他们经常挨饿，经常挨冻，只要他们不睡觉，通常就一直在干活儿。但是，毫无疑问，在旧社会的日子更难过。另外，在旧社会，他们当牛做马受奴役，现在他们自由了，这才是根本区别，如同斯奎勒不失时机指出的。

现在有更多张嘴需要喂得饱饱的。秋天，四头母猪几乎同时下了猪娃，她们一共生下了三十一只小猪娃。小猪全是黑白花斑，因为拿破仑是农场里的唯一种猪，大家很容易猜出来谁是小猪的父亲。有告示说，以后砖和木材购置到了，在农场住宅的花园要修一所教室。根据目前的情况，小猪们由拿破仑在农场住宅的厨房里亲自指导。他们在花园进行游戏活动，不鼓励他们和别的小动物一起玩耍。大约还是这一时期，又立下了一条规定：当一只猪和别的任何动物在路上相遇，别的动物必须站在一旁；还规定，所有的猪，不论什么级别，到了星期天都有在尾巴上绑缚绿彩带的特权。

动物农场拥有了一个相当成功的年份，但是依然缺乏资金。为修建教室，砖、沙子和石灰都得购买，还需要勒紧裤带节省出购买风车机械装置的钱。还得考虑室内用的灯油、蜡烛、拿破仑自己桌子上的糖（他禁止别的猪吃糖，因为糖让他们变得肥胖）以及日常用的替代物，诸如工具、钉子、绳子、煤、铁丝、碎铁和狗粮等等。一堆干草和部分土豆收成被卖掉了，鸡蛋的合同增至每星期六百颗，因此这年母鸡基本上没有孵小鸡，没有足够的小鸡保持在同一水平。定量在十二月份刚刚缩减，进入二月份又缩减了一次，窝棚里禁止点灯，目的是节省灯油。然而猪们似乎过得足够舒服，实际上个个都或多或少地增加了体重。二月下旬的一个下午，一股暖暖的、浓浓的、令人垂涎的香味飘浮在院子里，是动物们过去从来没有闻到过的，是从那个酿造室里飘出来的，琼斯在时已经不用这个酿造室了，就在厨房旁边。有动物说这味道是煮大麦的味道。动物们在空气里饥肠辘辘地嗅闻这股香味，嘀咕是不是一顿热乎乎的猪食正在为他们准备之中。但是，没有热乎乎的猪食供给，到了接下来的星期天，有告示说，从现在起所有的大麦都留给猪们了。果园那边的那块小田地，已经种上了燕麦。有消息很快传出来，说每只猪现在每天供给一品脱啤酒，拿破仑本人则享受半加仑，每次必须用皇冠德比汤瓷盘给他端上。

但是，如果各种艰难困苦都得忍受，可是他们部分得到补偿的事实也是不可否认的，当今之日的生活比过去更有尊严了。较之过去，唱歌更多，讲话更多，游行更多。拿破仑曾下令，要求一个星期应该举行一次所谓的“自发示威游行”，这种活动的目的是庆祝动物农场的斗争和胜利。在指定的时间里，动物们要放下他们的工作，排成军队方阵，围绕农场的公共活动区行走，由猪们打头，马们跟上，然后是奶牛，然后是绵羊，然后是家禽。猛犬在队伍两侧助威，打头阵的是拿破仑那只黑公鸡。博克塞和克洛弗两个总是打着一面绿色的旗帜，上面有蹄子、犄角和“拿破仑同志万岁”字样组成的图案。游行完毕，还有诗歌背诵活动，都是以拿破仑的名誉写成的诗，然后是斯奎勒的讲话，专门报告近来食品增产的情况，有时还会鸣放礼枪。绵羊是自发游行活动最积极的分子，如果有谁抱怨（如同少数动物有时表现的那样，不过是在猪们和狗们不在场的时候）他们是在浪费时间，等于在寒冷中站立很久，这时绵羊们一准会咩咩地齐声合唱“四条腿好，两条腿坏”，让抱怨的人们不再吭声。但是，大体说来，动物们还是很享受这些庆祝活动的。他们发现，这些活动好歹是娱乐享受，提醒他们终归成了自己的主人，他们所干的活儿是为了他们自己的利益。因此，有歌声，有游行，有斯奎勒的数字报告单，有礼枪隆隆鸣放，有公鸡喔喔打鸣，还有旗帜迎风飘扬，他们就能够忘掉他们的肚子空空如也，至少在部分时间里忘记了饥饿。

到了四月，动物农场宣布成立共和国，这下很有必要选举出一位总统。候选人只有一个，拿破仑，因此就一致当选了。就在同一天，有消息说新文件已经被发现，进一步披露了各种细节，即斯诺鲍尔和琼斯串通一气的情况。这下再明白不过，斯诺鲍尔，如同动物们过去想象得到的，不仅企图通过战略手段输掉“牛棚之战”，而且早已公开与琼斯站在一起战斗了。事实上，他才是真正的人类领导，当初高喊着“人类万岁”冲锋陷阵！斯诺鲍尔背上的伤，为数不多的动物还记得看见过，是拿破仑的利齿咬出来的。

仲夏时节，乌鸦摩西一走几年之后，突然在动物农场露面了。他几乎没有什么变化，仍然不干活儿，还像过去一样用同一种口气谈论有关“冰糖山”的故事。他会落在一个木桩上，煽动他的黑翅膀，只要有谁愿意聆听，他就哇啦哇啦谈上一个小时。“上那里去吧，同志们，”他一本正经地说，用他那大喙指向天空——“上那里去，就在乌云那边，你能看见——‘冰糖山’就在那里，那个幸福的国度，我们可怜的动物在那里会摆脱劳作，一劳永逸地休息！”他甚至夸口说，一次他飞翔得比平常高，看见了一年四季长满苜蓿的绿油油的田野以及亚麻点心和糖块，就生长在树篱上。许多动物都很相信他。他们推论说，他们现在的生活就是挨饿和苦干；难道一个更好的世界在什么地方存在，不是合情合理的吗？一件难办的事情是无法弄清楚猪们对待摩西的态度。他们都用轻蔑的口气说，摩西关于冰糖山的故事是谎言，不过他们允许摩西待在动物农场，不用干活儿，一天还分给他一吉耳[①]啤酒喝。

博克塞的蹄子伤愈之后，他干活儿比以往更卖力气了。真的，所有的动物那年干活儿都像奴隶一样。除了农场里日常的活儿，还有重建风车的工程，为小猪娃修建教室三月开工以来也得抓紧干。有时，因为食不果腹，长时间干活儿很难顶住，但是博克塞从来不停歇。不论是说什么，干什么，没有任何迹象表明他

① 度量单位，一吉耳等于四分之一品脱。

的力气和过去有什么不一样。只是他的样子有点改变了：他的皮毛不像过去那样油光水滑了，而且他的大屁股似乎萎缩了不少。别的动物说："等春天草长起来了，博克塞会精神焕发的。"但是，春天来了，博克塞没有胖起来。有时，在通向采石场顶的坡上，他把每条肌肉绷得紧紧的对付一些沉重的大板石，看上去好像他的大蹄子全靠意志的力量在继续前行。这种时候，他的嘴唇看上去像是在说："我会更加努力干活儿。"可惜他连说话的声音都发不出来了。克洛弗和本杰明告诫他注意自己的身体，但是博克塞不把身体当回事儿。他十二岁的生日就要到了。他什么都不放在心上，只求在他依靠退休金生活之前，把石头储存得足足的。

夏季一个夜里很晚了，农场上突然有传闻说，博克塞出事儿了。他单独出去拉了一车石头向风车赶去。一点没错，传闻是真的。几分钟后，两只哨鸽带着消息飞来了："博克塞倒下了！他躺在地上起不来了！"

半小时里，农场的动物们都赶到了那个风车修建的小山岗。博克塞躺在那里，夹在马车的套索里，他的脖子向前伸着，连头也没力气抬起来了。他的眼睛呆呆的，他的两肋满是汗水。他的大嘴流出了一溜血水。克洛弗跪在他的身边。

"博克塞！"她大声喊道，"你怎么回事儿？"

"是我的肺，"博克塞软弱无力地说，"肺不行了。我想你没有我是能够把风车完成的。石头积累得很不少了。无论怎样，我只有一个月干头了。跟你说实话，我早在期待我的退休生活。本杰明也老不中用了，也许他们会让他同时退休，和我做个伴儿。”

“我们必须立即得到帮助，”克洛弗说，“去个腿快的，告诉斯奎勒这里出事儿了。”

所有别的动物都立即跑回到农场住宅，向斯奎勒报告消息。只有克洛弗留了下来，还有本杰明，卧在博克塞身旁，一言不发，只顾用长尾巴给他驱赶苍蝇。大约过了一刻钟，斯奎勒出现了，满是同情和关怀。他说，拿破仑同志听说动物农场最忠诚的劳模发生了不幸情况，难过得不行，已经做出安排，要送博克塞到威林登的医院去治疗。动物们听说这种安排感到有点不安。除了莫丽和斯诺鲍尔，还没有别的动物离开过动物农场，他们不愿意设想他们生病的同志落入人的手中。但是，斯奎勒很容易就让他们相信，威林登的兽医治疗博克塞的病，要比在动物农场上等待更让人放心。大约一个小时后，博克塞缓过一点劲儿来，挣扎半天终于站了起来，坚持着一瘸一拐回到了马厩，克洛弗和本杰明已经给他准备下一个很好的麦秸床。

接下来的两天，博克塞一直待在马厩里。猪们送来一大瓶粉色药物，他们是在浴室那个医药箱里找到的，克洛弗饭后喂给博克塞吃，一天两次。到了夜晚，克洛弗卧在博克塞的马厩里和博克塞说话，而本杰明给他驱赶苍蝇。博克塞说，不必为已经发生的事儿难过。如果他身体好起来，他还指望再活三五年呢，他期待在大牧场隔出来的那个角落颐养天年。那会是他第一次有空闲时间学习，提高一下脑子。他说，他打算把余生好好利用起来，把剩下的那二十二个字母学会。

然而，本杰明和克洛弗只能在干完活儿时来陪伴博克塞，在那天中午时分，一辆货车来把博克塞拉走了。动物们在一只猪的监督下，都在给胡萝卜除草，这时吃惊地看见本杰明从农场建筑物那边急慌慌地赶来了。这是大家第一次看见本杰明激动不已——的确，这是大家第一次看见本杰明急慌慌地跑动。“快，快！”他大声嚷嚷说，“赶快来吧！他们要把博克塞拉走了！”没有等待那只监工的猪下命令，动物们就放下手头的活儿，跑回农场的建筑物。一点没错，院子里停了一辆大封闭货车，由两匹马拉，货车车身上印有字样，只有一个贼眉鼠眼的人戴了一顶高顶礼帽，坐在车把式的座位上。博克塞的马厩里什么也没有。

动物们把货车团团围了起来。“再见，博克塞！”他们异口同声地喊道，“再见！”

“傻瓜！傻瓜！”本杰明嚷叫起来，在动物们身边踱来踱去，小蹄子把地面跺得通通响，“傻瓜！你们没有看见货车车身上面写了些什么吗？”

动物们听了这话，一时停下，没有人说话。缪里尔开始拼读那些字样。但是，本杰明一下子把缪里尔推开，在一片鸦雀无声中，他念道：

"'艾尔弗雷德·西蒙兹，马匹屠夫以及皮胶熬制人，威林登。皮骨肉经销商。提供代养狗服务。'你们明白这些买卖是什么意思了吗？他们要把博克塞送到屠宰场去！"

所有在场的动物都吓得惊叫起来。就在这时，那个坐在车座上的人用鞭子抽打马，货车旋即启动，转眼跑出了院子。所有的动物跟在后面，扯尖嗓子大喊大叫。克洛弗挤到了最前面。货车开始加速，奔跑起来。克洛弗拼力撒开结实的蹄子追赶，眼看就要追上了。"博克塞！"克洛弗哀叫道，"博克塞！博克塞！博克塞！"就在这当儿，仿佛博克塞听见了外面的吵闹声，他的脸，那道白斑连鼻的长脸出现在货车后面的小窗户前。

"博克塞！"克洛弗惊叫道，声音凄厉可怕，"博克塞！出来呀！赶快出来！他们这是要送你去死啊！"

所有的动物跟着克洛弗惊呼道："出来，博克塞，快出来啊！"但是，货车已经全速奔跑起来，把他们远远地甩在了后面。博克塞是否弄明白克洛弗在叫喊什么，就不得而知了。但是，过了不一会儿，博克塞的脸从那个小窗户前消失了，货车里响起马蹄砰砰乱踢的巨大声音。他在拼力给自己踢出一条生路。曾几何时，博克塞只用几蹄子就能把那货车踢得粉碎。然而，唉，好汉不提当年勇！他的力气离他而去；没有多一会儿，砰砰乱踢的蹄子声越来越弱了。绝望之际，动物们开始求助那两匹拉货车的马能停下来。"同志，同志！"他们高喊道，"别把你们自己的兄弟拉去送死啊！”然而，那两匹愚蠢的牲畜，无知得很，哪里知道正在发生什么事情，只是把耳朵向后收拢，加快了他们的步伐。博克塞的脸没有再在窗口出现。为时已晚，终有人想起来赶超到前面，把那五条杠大门关上；只是转瞬之间，那货车就通过了大门，快速地消失在那条大路上。再也没有谁看见过博克塞。

三天之后，公告说博克塞病死在威林登的医院，尽管一匹马能得到的护理都得到了。斯奎勒来向别的动物宣布这一消息。他说，在博克塞的弥留之际，他一直守在博克塞的身边。

“那是我一生中见过的最感人的场面！”斯奎勒说，一边抬起他的蹄子，抹去了一滴眼泪，“我守在他病榻边直到最后时刻。临了，他虚弱得讲不出话来，还在我耳边悄声说，他唯一难过的是风车没有完工他就撒手人寰了。‘前进，同志们！’他悄声说，‘以造反的名义前进。动物农场万岁！拿破仑同志万岁！拿破仑一贯正确。’这些就是他最后的遗言，同志们。”

话说至此，斯奎勒的态度突然换了样。他沉默了片刻，他的小眼睛射出怀疑的目光，左看右看，然后接着演讲下去。

他说，根据他已经了解到的，博克塞被拉走的时候，一则愚蠢的邪恶的流言广为流传。动物中有人注意到那辆把博克塞拉走的货车上面有“马匹屠宰场”的字样，由此便煞有介事地得出结论，说博克塞被送到了屠宰商那里去了。这简直是空穴来风，斯奎勒说，竟然有动物愚蠢到这样的程度。他义愤填膺地叫嚷着，尾巴嗖嗖地甩来甩去，蹄子蹦来蹦去，责问动物们就是这样了解他们敬爱的领袖拿破仑同志吗？竟然不堪到这种地步吗？不过这样的解释真的非常简单。那辆货车以前是屠宰商的资产，已经被那个老兽医买下来，还来不及把那些字样涂抹掉。误传就是这样造成的。

动物们听说了这番解释，都如释重负。接下来，斯奎勒继续信口开河，把博克塞的弥留之际说得天花乱坠，什么他受到了令人羡慕的待遇、什么昂贵的药费是拿破仑不计代价慷慨支付的，等等，动物们仅有的疑虑统统打消了，他们为自己同志去世的悲伤因为想到博克塞起码幸福地死去而被冲淡了。

拿破仑本人在接下来的那个星期日上午的会议露面了，并且以博克塞的名义发表简短的讲话。他说，由于无法把不幸去世的同志的遗骨拉回动物农场举行葬礼，他已经定做了一个用月桂树做成的大花圈摆在了农场住宅的花园里，派人安放在博克塞的墓前。几天之后，猪们打算以博克塞的名义举行一次追念宴会。拿破仑结束讲话时专门提到了博克塞生前特别喜欢的两句口头禅："我会更加努力地干活儿"以及"拿破仑同志一贯正确"——他说，这样的口头禅，每个动物都应该为己所用，挂在自己的嘴边。

在追念宴会举行的那天，一个杂货商的货车从威林登赶来，送到农场住宅一个大木头板条箱子。那天夜里，农场住宅里歌声喧嚣，接下来像是发生了一次激烈的争吵，十一点结束时又响起一阵叮叮当当的碰杯之声。第二天，中午之前，农场住宅里没有一点动静，听说猪们不知从什么地方弄来一笔钱，又为他们自己购买了一箱威士忌。

第十章

年复一年，倏然而过。寒来暑往，春华秋实，短暂的动物寿命转眼即逝。时不待人，动物农场没有谁还记得造反前旧社会是什么样子了，只有克洛弗、本杰明和乌鸦摩西以及若干猪们还略知一二。

缪里尔死了；布鲁贝尔、杰西和平彻死了。琼斯也死了——他死于这乡下另一地一个酒鬼收留所里。斯诺鲍尔已经被人遗忘。博克塞已经被人遗忘，只有为数不多的几个还知道他。克洛弗现在成了一个老态龙钟的牝马，骨节都硬了，老眼昏花不可阻挡。她超过退休年龄两年了，但是实际上没有哪个动物真正退休的。在大牧场隔出一个角落，让老年动物安享晚年，只是说说而已，早已不再提及。拿破仑眼下体重二十四英石，成了一只成熟的公猪。斯奎勒肥胖得不成样子，连眼睛都无法向外张望了。只有本杰明还像以往一样，只是那张长驴脸有点灰白了，而且，自从博克塞死后，他变得郁郁寡欢，少言寡语。

目前，农场上动物更多了，尽管增加数量不像早些年所期望的那么大。许多动物自打出生后，造反一事只是一种隐约可闻的记忆，口头传说的结果，而其他动物是购买来的，来到动物农场之前从来没有听说过这样的事情。农场现在除了克洛弗，还有三匹马。他们都是优良的强健的畜生，干活儿不惜力，好同志，但是非常愚钝。三匹马没有一匹到头来能够把字母表学到 B 以下的。关于造反的事情和动物主义的原则，他们听之任之，人云亦云，尤其对克洛弗言听计从，几乎对她忠孝两全了；但是，他们对所作所为是否理解，那就值得怀疑了。

农场现在更加繁荣兴旺，组织更为有序：因为购进了皮尔金顿先生的两块田地而得以扩大。风车终于成功地修建起来，农场拥有一架脱粒机、一台干草起重机，还有各种各样的新建筑物点缀其间。文博自己添置了一辆轻便马车。然而，风车一直以来都没有用来发电。风车只用来加工谷物，而且带来可观的经济效益。动物们不辞劳苦，在修建另一座风车；据说，等这座风车建成了，发电机就安装上了。不过，斯诺鲍尔曾经告诉动物们梦寐以求的那些奢侈之物，比如圈棚里安上电灯啦、冷热水供应啦、一周三天工作日啦，再没有人谈论了。拿破仑强烈指责这样的观念是违反动物主义的精神的。他说，真正的幸福，在于苦干实干，在于艰苦朴素。

似乎有些不可思议，仿佛动物农场越富足，动物们自个儿却没有任何富足可言——当然，猪们和狗们确实富足了。也许，这部分原因是农场上猪们太多了，狗们也太多了。这还不好说这些动物都不干活儿，他们有他们的干法。如同斯奎勒不厌其烦地解释的，农场上监督和组织的工作没完没了。这种工作大部分是一种别的动物都一无所知、无法理解的东西。比如，斯奎勒跟他们解释说，猪们每天都不得不花上大量劳作从事一些神秘的事物，即所谓的“档案”“报告”“会议记录”和“备忘录”。这些都是大张大张的纸，都得密密匝匝写得满满的，而且刚刚写满了，就要扔进炉子里烧掉。斯奎勒说，这是农场福利的最重要的举措。但是，不管怎样，不论猪们还是狗们，他们自己都不靠自己的劳动生产粮食；他们数量庞大，胃口又总是很好。

至于别的动物，他们的生活，就他们所明白的，总是一成不变。他们一般说来都在挨饿，睡在麦秸上，从水池里喝水，下田地里劳作。冬天里，他们被寒冷折磨；夏天里，他们遭受蚊虫叮咬。有时，动物们中间那些上年纪的会在他们破碎的记忆里苦苦搜寻，确定在造反前的早期日子，就是琼斯刚刚被驱逐的日子，情况比现在更好还是更糟。可惜他们记不大清楚了。没有什么遗留之物可供他们与他们现今的生活做比较：他们一无所有，只有斯奎勒的数据单，而斯奎勒的数据单表明的每件事情都是越来越好。动物们发现这一问题无法解决。不管怎样，他们目前很少有时间思考这样的事情。只有老本杰明声称他记得他漫长生命中的每一个细节，知道各种情况从来就那样子，从来好不到哪里去，也坏不到哪里去——饥饿、苦累以及失望，正如他说的，是不可更改的生活法则。

不过，动物们从来没有放弃希望。而且，他们从来没有失去做动物农场成员的荣誉感和优越感。他们仍然是整个乡村——整个英格兰——唯一的动物农场，由动物们所拥有，由动物们所经营。动物们谁都没有，哪怕最小的，哪怕从十几英里二十几英里远的农场买来的新来者，谁都不会为此感到奇怪。当他们听到礼枪砰砰鸣响，看见绿色的旗帜在旗杆上高高飘扬，他们的心都会生起按捺不住的自豪，谈话总是回到以往英雄辈出的岁月、琼斯被驱逐的日子、七大戒律起草的理念、人类入侵者被打败的那些伟大战役。这些古老的梦想没有一个被遗弃。动物共和国是老少校预见的，一旦人脚不再践踏英格兰这些绿色的田野，动物们就对共和国坚信不疑。动物共和国总有一天会到来：也许不会马上到来，也许目前活着的动物有生之年不会到来，但是它迟早会到来的。甚至是《英格兰动物之歌》的曲调也许到处有人在私下里吟唱：不管如何，不争的事实是农场上每一个动物都知道这首歌，尽管没有谁敢放声唱出来。也许是他们的生活很艰难，他们所有的希望没有实现；但是，他们意识到他们不和别的动物一样。如果他们挨饿，那不是喂饱专制的人们造成的；如果他们干活很累，那至少他们是为他们自己干活儿。他们中间没有谁是靠两条腿走路的。没有哪个动物叫另外一种动物“主子”。所有的动物都生活平等。

初夏时节的一天，斯奎勒命令绵羊跟他走，他把绵羊们领到了一块荒地，位于农场的另一头，那里长满了桦树苗。绵羊们在斯奎勒的监督下一整天都在吃桦树叶子。到了晚间，斯奎勒自己返回了农场住宅，但是，因为天气暖和，他吩咐绵羊们在原地待着。结果是，绵羊们竟然在那里待了整整一个星期，期间别的动物看不见绵羊的影子。斯奎勒每天大部分时间都和绵羊们待在一起。他说，他在教绵羊们唱一首新歌，因为私下里吟唱小调是需要的。

绵羊们返回农场不久，一个惬意的夜晚，动物们干完了活儿，正走在回农场建筑物的路上，一阵令人胆战的马叫声从院子里传出来。动物们吓了一跳，纷纷站在道上不动了。那是克洛弗的声音。她又嘶鸣一声，所有的动物立即奔跑起来，冲进了院子。这下，他们看见了克洛弗所看见的情景。

原来一只猪用后腿站立行走了。

是的，这只猪就是斯奎勒。那样子有点笨拙，仿佛还不大习惯按那种姿势支撑他那相当可观的块头，但是平衡一点问题也没有，他正在院子里穿行。过了一会儿，农场住宅门前过来长长的一行猪猡，全都在用他们的后腿站立行走。一些比另一些走得更稳当些，一两只猪甚至走得趔趔趄趄的，看上去仿佛他们需要拄上一根棍子才稳当，但是每头猪都在院子里顺利地走了下来。最后，猛犬吼声震天地叫起来，那只黑公鸡尖声尖气地喔喔打鸣，原来是拿破仑本人出场了，耀武扬威，挺胸叠肚，不可一世地左看看右瞧瞧，他的猛犬颠儿颠儿地陪伴左右。

他的蹄子里拿了一根鞭子。

现场鸦雀无声。惊愕、恐惧拥挤在一块儿，动物们观看着猪们长长的一行，在院子里缓缓地行进。此情此景仿佛世界颠倒了一个个儿。接着，最初惊愕不已的那个瞬间总算过去了，这时候一切都顾不得了——顾不上他们对猛犬的惧怕，顾不上长年累月养成的习惯，从来无怨无悔，从来不说三道四，不管发生什么事情都逆来顺受——他们也忍不住要说出一些表示抗议的话了。但是，正在这时，仿佛有谁发出了一个信号，所有的绵羊爆发出了一阵巨大的咩咩叫声——

“四条腿好，两条腿更好！四条腿好，两条腿更好！四条腿好，两条腿更好！”

这样的咩咩叫声持续了五分钟，一遍又一遍。等绵羊不喊叫了，表示任何抗议的机会却过去了，因为猪们已经列队回到农场住宅了。

本杰明感觉有谁在他的膀子上蹭鼻子。他回头看去，发现是克洛弗。她昏花的老眼看上去更混浊了。什么话都没有说，克洛弗轻轻地在本杰明的鬃毛上拽了拽，领着他绕到了大仓房的山墙下，“七大戒律”就写在上面。有那么一两分钟，他们两个站在那面涂了黑焦油、写了白字样的墙壁前。

“我的眼力不济了，”她终于开口说，“就是在我年轻时也看不全上面都写了些什么，但是，我似乎觉得这面墙看起来不一样了。那七大戒律还和过去一样吗，本杰明？”

本杰明又一次违心打破他的守则，给克洛弗念出来墙上书写的内容。墙壁上什么内容都不见了，只有一条戒律。它是这样的：

所有的动物生而平等

但是一些动物生来要比

另一些动物更平等。

此事发生后，第二天猪们监督农场的活儿时全都用蹄子拿起了鞭子就见怪不怪了。不足为怪的还有猪们已经为自己购买了一架无线电收音机，正要设法安装一部电话，还订了《约翰牛》《逸闻趣事》和《每日镜报》。不足为怪的还有大家看见拿破仑在农场住宅的花园里嘴叼烟斗来回踱步——更让人大跌眼镜的是猪们从大衣柜里翻出琼斯先生的衣服，自个儿穿戴起来。拿破仑本人则穿了一件黑色外套、怪模怪样的裤子以及皮护腿出出进进，而他宠溺的那只母猪穿戴起琼斯太太在星期天穿过的明闪闪的丝绸装，四处显摆。

一个星期后，下午时分，几辆轻便马车来到了动物农场。周遭农场主的代表们应邀来动物农场巡视。他们被领着走遍了整个农场，见到什么都赞叹不已，尤其对风车赞赏有加。动物们在萝卜地里锄草。他们干得兢兢业业，面朝黄土难得抬头歇息，也不知道是更害怕猪们监督还是更害怕人们来访。

那天晚间，农场住宅传出来喧闹的笑声和阵阵歌声。突然间，听到动物和人的混合声传来，动物们终于忍不住好奇心了。这可是动物和人类第一次在平等条件下举行会议，农场住宅正在发生什么事情呢？他们不约而同地尽可能地保持安静，悄悄地走进了农场住宅的花园。

在住宅门口，他们停下了，八成是害怕不敢前行了，但是克洛弗打头走了进去。他们收紧蹄子，悄悄接近住宅，个头足够高的那些动物，能从餐厅的窗户往里窥视。只见一张长桌子周围，坐了六七个农场主和六七只更有身份的猪猡，拿破仑本人坐在餐桌的上座。猪们坐在椅子上全然一副悠然自得的样子。主客们正在兴致勃勃地玩打牌的游戏，这时停下来休息，显然是为了喝一杯。一只大酒杯绕圈传递，一只只杯子添满了啤酒。没有谁注意到窗户外面一张张动物的脸在向里面窥视。

福克斯伍德农场的皮尔金顿先生站了起来，手里拿着一只酒杯。停顿一会儿，他说他要请求在场的主客干一杯。但是，在干杯前，他觉得有几句话应该义不容辞地说出来。

他说，他感觉从心底里感到称心如意的是——而且，他敢肯定，在座的其他人无不如此——他觉得长期以来不信任不理解的状况现在终于结束了。曾几何时——不光他本人，在座的各位都包括，都怀有类似感情，那就是曾几何时动物农场尊敬的主人们，受到了人类邻居的不公正对待，他虽然不能说是“敌意”，但是也许在一定程度上是不怀好意的。不幸的事件曾经发生过，错误的看法曾经流传过。人们曾经觉得一个由猪们拥有并操纵的农场的存在，无论如何都不正常，很容易对周围农场造成不安定的影响。许多农场主都曾毫无缘由地声称，在这样一个农场里，自由和散漫之风必会盛行。他们曾害怕这种风气会对他们自己的动物产生不良影响，甚至害怕对他们的雇工产生副作用。然而，所有这样的疑虑现在都烟消云散了。今天，他和他的朋友参观了动物农场，亲眼视察了农场每一个角落，他们究竟看见了什么呢？不仅看见了最先进的方法，而且看见了一个有纪律有秩序的农场，无论哪里的所有农场主都应该效仿的榜样。他相信，他得出如下结论是正确的，那就是动物农场的下等动物比这一地区任何动物干的活儿都多，消耗的粮食却更少。的确，他与同行的参观者今天已经看见了许多特色，他们打算尽快引进到他们自己的农场。

他说在结束自己的讲话时，要再一次强调动物农场和周围兄弟农场存在的友好感情应该维持下去。猪们和人们之间没有、也不应该有任何利益冲突。他们的斗争和困难是共同的。劳动麻烦难道不是天下都一样吗？讲话到此，皮尔金顿先生显然打算向在座的主客突如其来说些精心准备的俏皮话，但是一时间他得意过头了，干着急说不出来。卡壳了好一阵子，他层层叠叠的下巴颏儿变得青紫，好不容易才对付着说了出来："如果你们有你们的下等动物要对付，"他说，"那么我们有我们的下等阶级要斗争！"这句俏皮话在餐桌上引发了哄堂大笑；皮尔金顿先生再一次对猪们定量低、干活时间长以及他在动物农场看到普遍没有姑息纵容的现象表示祝贺。

他最后说，现在他要请在座的主客站起来，务必把自己的杯子添满。"先生们，"皮尔金顿先生总结说，"先生们，我请你们干一杯：为了动物农场的繁荣昌盛！"

顿时，热情洋溢的欢呼和跺脚声响起来。拿破仑大喜，离开自己的座位，绕过桌子和皮尔金顿先生碰杯，然后一饮而尽。碰杯喝彩声过去之后，拿破仑依然用后腿站立着，表示他也有几句话要说。

如同拿破仑以前的所有讲话，他讲得简短而切中要领。他说，他也很高兴误解的时期结束了。长期以来，流言四起——他有理由认为，是某些用心叵测的敌人传播的——说什么他本人和他的同事的世界观是颠覆性的，甚至是革命性的。他们被说成图谋不轨，在周围农场的动物中间煽动造反。事实胜于雄辩！他们的唯一希望，不管过去还是现在，都是和平相处，与邻居们保持正常的贸易关系。他补充说，他很幸运控制了这个农场，如今成了一个合作企业。地契虽然在他的名下，但是为猪们所共同享有。

他又说，他不相信任何过去的疑虑还会存在，非但如此，本农场近来日常议事中做出的一些变化，只会产生进一步促进信心的效果。目前为止，本农场的动物们互相称呼“同志”显然是一种相当愚蠢的风俗。这点非改不可。还有一个莫名其妙的风俗，源头也不知从什么地方来的，每个星期天早上都要在悬挂于花园杆子上的一个公猪骷髅前列队行走。这个风俗也非改不可，那个公猪骷髅已经埋掉了。他的客人们也许早注意到，那面绿色的旗帜在旗杆上飘扬。如果注意到了，那他们也许早就注意到，旗帜上早先固有的那白色蹄子和白色犄角图案，现在除掉了。从现在起，那就是一面纯绿色旗帜了。

他说，他对皮尔金顿先生的精彩友好的讲话只有一点要批评几句。皮尔金顿先生从头至尾叫“动物农场”。他当然不知道——因为他，拿破仑，也只是现在才第一次宣布——“动物农场”这个名字已经废除了。从此以后，这个农场将以“庄园农场”闻名于世——他相信，这个名字是正确的，是正本清源的。

“先生们，”拿破仑最后说，“我要一如既往地提议干杯，但是干杯的形式是不一样的。把你们的酒杯斟得满满的。先生们，这是我干杯的目的：为了庄园农场的繁荣兴旺！”

如同以往，欢呼之声发自肺腑，各个酒杯都喝得见了底儿。然而，窗外的动物们目睹了这个场景，他们似乎觉得某件奇怪的事情正在发生。猪们的脸到底发生了什么样的变化呢？克洛弗昏花的老眼看看这头猪的脸，又看看那头猪的脸。其中一些猪生出了五层下巴颏儿，有的生出了四层下巴颏儿，有的生出了三层下巴颏儿。但是她所看到的样子似乎正在融化，正在改变。然后，掌声渐渐地停下来，主客们拿起扑克牌，继续玩刚刚被打断的游戏，窗外的动物们悄悄地离去了。

然而，他们还没有走出去二十码，便一起停了下来。农场住宅又传出来喧闹之声。他们赶回来，从窗户再次往里窥探。是的，激烈的争吵正在发生。餐桌上爆发出吆喝声和砰砰的拍击声、恶狠狠的怀疑的目光睃来睃去，争吵异常激烈。争吵的根由看起来是拿破仑和皮尔金顿先生各自同时甩出了一张黑桃A。

十二条嗓子气汹汹地叫嚷起来，而且声音大同小异。现在，毫无疑问，猪们的脸确实已经发生了变化。窗外的动物们打量过猪又打量人，打量了人又打量猪，又打量过猪再打量人；然而，这时已经不可能分辨出谁是猪，谁是人了。

一九四三年十一月

至一九四四年二月

George Orwell

奥威尔经典散文

奥威尔的散文数量不多，但是质量都很高。这无疑是他有话才说的收获。要说，就发自内心说，说到点子上，说出细节来，说出美感来。话说来容易，做起来则十分不易。奥威尔做起来似乎容易些，这得益于他就是这样一个人。看他的虚构作品，读者看到的是一个坚韧、顽强、勤奋和强大的作者；看他的散文，读者看到的是一个智慧、敏感、羞涩、内秀的人，却不怕暴露自己。敢于暴露自己，便敢于揭示社会，因为人这个分子，是属于社会的。

所选五篇，都从“我”写起。我写作，首要动机，是我图谋“虚荣”，其余动机都是隶属关系。因为从小有写作冲动，见了能引发这种冲动的事件，自然就要写下来，《绞死》和《射杀大象》就是冲动和写作结合的结果，难得的是“我”在故事中扮演的角色不仅不是英雄，连个光彩的角色都算不上。“我”很冷漠，“我”很傀儡，可谁又比“我”不冷漠了？不傀儡了？“我”做书店的小伙计，尽职尽责，那是因为我喜欢书。把书店里的顾客写得世俗、不堪、龌龊……那是他们不仅不爱书，还把书当作炫耀自己的工具，因此生生地把“我”爱书的好嗜好给彻底毁了。同样的，“我”一生把与极权主义做斗争当作使命，也是因为哪里有了极权主义，哪里的文学就消失了，而文学是我毕生的最爱。

五篇散文，实在不多，但是映照出来的奥威尔，实在是丰满，可爱，活灵活现，文如其人。这是别的作家写不出来的东西，因为缺乏经历，因为缺乏犀利的笔锋，因为缺乏想象力，因为缺乏对细节的表达……所以成了独一无二的“奥威尔式”散文，一如他的最著名的两部小说：《动物农场》和《一九八四》。

奥威尔的表达倾向直接，倾向简单，遣词造句都以凝练为准则，因此他的文章看起来通俗易懂，但是翻译起来却煞费周章。每一个句子都需要研读几遍，推敲再推敲，然后再下笔，或者敲字。回头读原文，总觉得没有原来的文字有力度，有内涵，有连续。因此，反复琢磨译文就成了一道必需的工序。还好，如同奥威尔在虚构作品中遣词造句都为读者着想一样，在散文中更胜一筹，让译者也沾了光，只要肯下功夫琢磨，翻译出来的文字最终还算文从字顺，从内心感觉对得起奥威尔势大力沉的写作。

有趣的是，有人喜欢把奥威尔的一些散文说成象征主义的写作，例如《绞死》和《射杀大象》。

我为什么写作

译者按：写作是从小萌发的种子，犹如生来就有的天性，例如参加一些看似好玩的文学活动，写不成熟的诗歌啦，编织故事，培养想象力，练习写作如到处涂鸦，等等。一句话，不能压制自己的本性："为人谈论，死后为人铭记，让那些在你童年看不起你的大人们刮目相看。"痴迷写作的人，意识深处都有这种渴望，或说冲动。一个从小就有写作冲动的人，长大了会有什么写作动机呢？奥威尔的总结是：1. 十足的自我主义。2. 审美上的热情。3. 历史冲动。4. 政治上的目的。时代左右个人写作，个人写作需要感情色彩，让政治写作成为艺术。

奥威尔成熟的写作是："自从一九三六年以来，我写出来的严肃作品的每一行字，就我所理解的，直接或间接地，都是针对极权主义的，都是拥戴民主社会主义的。”

一篇五千多字的散文，能写出这些真话，就是优秀的。

很小的时候，大概五六岁吧，我就知道等我长大了，我应该做一个作家。在十七岁与二十四岁之间，我试图放弃这个念头，不过我放弃时却很明白，我是在违背我的真实天性，迟早我应该沉下心来写书。

我在家中三个孩子里居中，不过和两边都相差五岁，而且我在八岁之前，很少能见到我的父亲。因为这个原因以及一些别的原因，我难免感到形单影只，不久我养成了一些不招人待见的举止，这让我在上学期间没有什么人缘。我养成了孤僻孩子惯有的编织故事的毛病，喜欢和想象中的人物对话，而且我从一开始就认定我在文学上的种种志向，和被人孤立、被人小看的感觉掺和在一起。我知道我善于遣词造句，面对各种令人扫兴的事实有能力对付，而且我感觉这能创造一个私密的世界，我在其中可以得心应手地对付我日常生活中的失败。不过，拿得出手的——就是说，从内心认可的——作品，我整个青少年时期写出来的东西，拢共也不过六七页纸。我四五岁上写出了我的第一首诗，我母亲还把它记了下来。关于这首诗，我什么都记不住了，只记得那是写一只老虎，说那只老虎长了“椅子一样的牙齿”——措辞很不错，不过我猜测那首诗是剽窃布雷克的《老虎》的。十一岁上，一九一四年至一九一八年的战争爆发，我写了一首爱国诗，在当地报纸上发表了，两年之后我又在当地报上发表了一首诗，是悼念基奇纳的。我长得更大一点后，一次又一次模仿乔治朝代的风格，写作蹩脚的“自然诗”，通常都半途而废。我还两次试手短篇小说，结果一败涂地。这就是我在那些岁月里白纸黑字写下来的所谓拿得出手的东西。

不过，在这段岁月里，从某种意义上讲，我的确从事了一些文学活动。首先，这种闭门造车的东西我可以信手拈来，只是无法给自己带来愉悦。除了学校的功课，我写打油诗，就是诙谐讥讽的诗，一挥而就，速度之快现在看来都令我不可思议——十四岁上，大约一个星期，我模仿阿里斯托芬，写出了一部整本押韵诗剧——我还帮助编辑校刊，有的是出版过的，有的是手稿。这些杂志都是一些不足挂齿的滑稽可笑之物，你完全可以想象得到的，我对付这些东西小菜一碟，比我现在对付分文不值的新闻报道要省劲多了。不过，与此同时，在十五年多的时间里，我还在进行一种截然不同的文学联系：那就是在为我自己杜撰一个连续不断的故事，一种只在脑子里存在的日记。我相信，这是儿童和少年共同的习惯。我很小很小的时候，我就总在想象，比如说，我是罗宾汉，把自己想象成那个打家劫舍的英雄好汉，但是没有多久我的“故事”不再沉迷于这种舞枪弄棒的自我陶醉，而改弦易张，越来越喜欢局限于描写我所做的事情以及我所见的东西。有时，我脑际会连续几分钟出现诸如“他把门推开，走进屋子。一缕黄灿灿的阳光，从细纱窗帘漏进来，斜照在桌子上，一个半开的火柴盒放在墨水瓶旁。他右手插在兜里，穿过屋子，走向窗户。下面的街上，一只黄狸猫在追逐一片枯叶”等等这样的描写。这一习惯一直持续到我二十五岁左右，正好贯穿了我没有进行文学写作的岁月。尽管我不得不搜肠刮肚，也的确愁得令人头疼，去寻找合适的词句。但是我似乎是在违背我的意志做这番描写的努力，是迫于外界的一种驱使。我估量，这个“故事”一定反映了我在不同的年龄所崇拜的各种作家的风格，不过就我所记得的，我始终具备上面提到的注重细节的描述性质。

到了十六岁上，我突然发现仅仅词语就能产生的快活，比如说，单词的发声和种种联想，像《失乐园》的这两行诗：

就这样他历尽千辛万苦地
前行：他尝遍了千辛万苦，

如今我似乎不觉得这有多么奇妙了，可当时却让我的脊梁骨阵阵抖动；而且用强音读“他”增加了一种快活。至于描写东西的必要性，我早已了然于心。所以，那时候要是可以说我想写书的话，我想写作什么样的书是很清楚的。我想写作砖头厚的自然主义小说，结局都很不幸，细节末端的描写充斥全书，醒目的比喻俯拾皆是，还有成段成段的华丽辞藻，词语一半都是因为它们的发音而被启用的。事实上，我的第一部完整的小说，《缅甸岁月》，就是类似的一本书，写出来时我已然三十岁，不过构思则要早得多。

我把这一背景情况全都交代出来，是因为我认为，你不了解一个作家的早期成长过程，是无法考量他的各种动机的。他所想写的东西，是由他所生活的时代决定的——至少在像我们自己这样的时代，风云变幻，革命涌动，决定主题是理所当然的——不过，在他落笔写作之前，他会获得一种感情色彩，他以后永远都无法逃脱这种态度。毫无疑问，他的任务就是锤炼他的性情，避免在不成熟的阶段就陷入泥淖，或者迷失于一种反常的心绪：然而，如果他彻底摆脱了自己早期的种种影响，那么他会绞杀了他的写作冲动。除了活着必须谋生这条，我认为写作还有四种重大的动机，至少写作散文是必不可少的。这四大动机在每一个作家身上存在的程度因人而异，而且在每一个作家身上，这四大动机的比例会随时变化，为他所生活的氛围所左右。这四人动机分别是：

一、十足的自我主义。渴望似乎很精明：为人谈论，死后为人铭记，让那些在你童年看不起你的大人们刮目相看，等等，等等。硬要说这不是一种动机，不是一种强烈的动机，这话是欲盖弥彰。作家也是人，和科学家、艺术家、政治家、律师、士兵、成功的商人——简而言之，和人类的整个上层精英一样，都有这种特性。人类庞大的群体实际上才没有这样的自我中心。他们年过三十以后，就会放弃个人的志向——在很多个例中，真的，他们几乎连个人存在的感觉都完全放弃了——主要为别人活着，或者只是在单调乏味的工作重压下应付生活。然而，也有少数有天赋有韧劲的人，决心把自己的生活进行到底，而作家就属于这一类人。严肃的作家，我应该说，比之新闻记者，更图谋虚荣，更加自我为中心，尽管对钱比较淡薄一些。

二、审美上的热情。洞察外部世界的美，或者，在另一方面，洞察语言和它们的正确搭配。获得声音的冲击力带来的快活，或者一种声音对另一种声音的冲击力产生的快活；获得优秀散文的坚实质地的快活，或者精彩故事的节奏的坚实质地的快活。渴望分享一个人觉得有价值而且不应该省去的经历。审美动机在很多作家身上是非常脆弱的，不过就是一个小册子作者或者教科书写手，都会有偏爱的字词和短语，对他来说这些东西难舍难分，不计功利；要么，他们也许对印刷字体感觉强烈，对书页的宽窄等东西十分在意。只要超过火车时刻表水准的，不管什么书都不能摆脱审美的种种考虑。

三、历史的冲动。渴望看见事物的本来面目，追寻事实真相，把它们汇集起来供后人使用。

四、政治上的目的——把“政治”这个词儿使用到该词义的最大化。渴望把世界推向每种特定的方向，改变其他人群应该为之奋斗的某种社会理想。再强调一遍，没有什么书能够真正做到脱离政治倾向。艺术应该彻底摆脱政治这种说法，本身就是一种政治态度。

不难看见，这些迥异的冲动一定会彼此冲突，狼烟四起；看得出它们会如何影响这个人后又影响另一个人，一次又一次地影响。从本性上讲——把你的“本性”从你最初成为大人时所达到的状态算起——我这个人的前三种动机是压倒第四个动机的。在歌舞升平的年代，我也许写些文字飞扬的作品，或者只写一些描述性的书，而且会依然故我，几乎意识不到我的政治忠诚。事实上，我是被迫成为某种小册子作者的。首先，我在一个很不适应的职业里浪掷了五年时间（分别在印度和缅甸帝国警察署任职），然后，我品尝了贫困和失败的感受。这增加了我对权威的天生憎恨，第一次让我彻底意识到工人阶级的存在，而在缅甸任职则让我对帝国主义的本质有了一些理解：不过，这些经历还不足以让我产生一种明确的政治方向。后来，希特勒来了，西班牙内战紧随其后，等等。时至一九三三年底，我还没有达到一种义无反顾地选择的程度。我记得一首小诗，是我在那个时期写下的，表达了我的困惑：

若生在两百年前，
我也许会成为一个幸福的牧师，
宣讲永恒的命运，
看着我的胡桃树成长抽枝。

然而，天哪，生在这邪恶的时代，
我错过了快活的天堂，
因为我的上唇长出了须毛，
而教职人员要把胡须剃光。

后来时代变得阳光明媚，
我们便见到阳光就灿烂，
我们摇动我们纷乱的思想，
沉睡在树丛的胸膛中间。

我们全然愚昧却竟拥有
那些我们现在掩饰的欢乐；
苹果树枝上的金翅

都能够让我的敌人哆嗦。

可是姑娘们的肚子和杏子，
在遮蔽的小溪里透亮晶莹，
马儿和鸭子在黎明时飞驰，
这一切只是一个梦境。

再入梦境是被禁止的；
我们肢解或者藏匿我们的欢畅；
马儿用镀铬的钢铁做成，
矮小的胖子骑在马背上。

我是从不添乱的小人物，
是没有后宫的公公；
介于牧师和政委之间，
我像尤金·阿拉姆一样走动；

收音机在播放时，
政委给我讲解命运，
可牧师应了奥斯丁七世，
因为达杰一直在演奏。

我梦见我栖居在大理石厅里，

醒来发现这是真的；

我若没有出生在这样一个时代，

会是史密斯？是琼斯？是你？

一九一六年至一九三七年中，西班牙内战以及一些别的事情扭转了这一局面，此后我知道我站在什么地方。自从一九三六年以来，我写出来的严肃作品的每一行字，就我所理解的，直接或间接地，都是针对极权主义的，都是拥戴民主社会主义的。处在像我们自己的时代，想想你可以避开这样的主题而写作，在我看来是不可思议的。这完全是一个站队问题，是一个采取什么态度的问题。你对自己的政治倾向越清楚，你就越有机会在政治上践行，而不会牺牲你的审美和理智的完整性。

在过去的整整十年中，我极力想做的是，让政治写作成为艺术。我的起始点一贯是一种党派偏见之感，一种偏离公正的意识。当我坐下来写作一本书时，我不会跟自己说："我要写作一部艺术作品。"我所以写书，是因为世间有某种谎言，我想揭露，有某种事实，我想引起世人的关注，我的初衷是让世人聆听不同声音。然而，如果写作不是一种审美的经历，那我不能只为写一本书而写作，哪怕写一篇发表在报刊上的长文也不行。凡是留意检查我的作品的人，都能看到哪怕是写一则直截了当的宣传品，它都会包括一些职业政治家会认为毫不相干的内容。我不能，也不想，彻底放弃我在童年获得的世界观。只要我还活着，身体健康，我就会继续强烈地对散文风格十分在意，热爱地球的表面，从实实在在的主题和零碎的无用的信息上获取快活。压制我自己的这个方面，怎么用劲都徒劳无益。要做的事，是把我根深蒂固的喜欢和不喜欢东西，和基本的、公共的、非个体的种种活动调和起来，因为后者是时代强加给我们所有的人的。

这并不容易。这会引发结构的麻烦，语言的麻烦，而且还会以全新的方式引发真实性的麻烦。我不妨举一个在所难免的赤裸裸的困难的例子。我写西班牙内战的书，《向加泰罗尼亚致敬》，不用说是一部坦率的政治书，但是主要部分都用一种超然和尊重的态度来表现。在书中，我不遗余力，讲述全部真相，而不让我的文学本能受到伤害。但是，在别的部分里有一大章，全都是引自报纸上的东西以及诸如此类的内容，为那些被指责与佛朗哥勾结的托派分子进行辩护。显然，这样一章内容，只需一两年，便会失去一般读者的兴趣，一定会毁掉这本书。一个我很尊重的批评家，为此教训了我一顿。“你为什么把那种东西塞进书里呢？”他说，“本来是一本很好的书，你把它糟蹋成了新闻报道了。”他所说很对，然而我别无他法。我赶巧知道真相，可英格兰几乎无人被允许知道无辜的人们遭到了谴责，全然一派胡言。如果我对此事没有义愤填膺，我是怎么都不会写这本书的。

这种麻烦以这样那样的形式再次冒出来。语言的麻烦说来话长，不会花过长的时间来讨论。我只能说，后来的岁月里，我尽量不那么绘声绘色地描写，而是更加实事求是地写作。无论如何，我发现等你完善了任何一种写作风格时，你又总是会超越这种风格。《动物农场》是我尝试的第一本书，完全意识到我在干什么，把政治目的和艺术目的合二而一，成为一体。七年来，我没有写小说，不过我希望很快写出另一部小说。它注定会是一次失败，每部书都是一次失败，然而我相当清楚地知道，我想写作哪种书。

回首最后一两页，我发现我所写出来的东西，看上去仿佛我写作的动机全都是公共精神所致。我可不想让人觉得这就是最终的印象。所有的作家都虚荣、自私和懒惰，在他们的动机最底层，藏着一个秘密。写作一本书是一种恐怖的、劳神的挣扎，如同患了一场痛苦的大病。如果你没有被某个你既无法抵抗又无法理解的恶魔驱使，你是永远不会承揽这样的苦差事的。因为大家都知道，那个恶魔只不过是让一个婴儿哭闹而引人注意的同一种本能。但是，除非坚持不懈地挣扎，把你自己的个性磨掉，否则你是写不出什么可以阅读的东西的。优秀的散文如同窗户玻璃。我无法十拿九稳地说，我的哪种动机是最强烈的，但是我知道哪种动机值得追随。回顾我的作品，我看出来只要我在哪里缺乏了政治目的，我在哪里就不可避免地写出来没有生命力的书，被鼓捣成了华而不实的段落、没有意义的句子、修饰性的形容词以及连篇累牍的空话。

载于一九四六年《流浪汉》，夏季号第四期

绞死

译者按：托尔斯泰目睹过法国断头台把人头切下来的现场。看过后，几天中他都感到恶心。

据说，断头台的发明，是为了减少受刑者的痛苦，是一种文明。我表示怀疑。身首异处，毕竟是对人体的亵渎。要不，中国怎么早早地发明了五马分尸的刑法呢？还是保有一具全尸更人道吧。

话可以这样说。但是，让人推上绞刑架的感受，还真不是什么好滋味。那就换个角度，目睹一场别人被绞死的过程，会是什么滋味呢？恐怕是没有经历过这样的场景，不会有真实的感受。奥威尔经历过，就写出来了，让读者的眼睛有福了。

如同追悼会，绞死一个人的过程是压抑的，压抑到个个无所适从，以致内心躁动不安。一个印度死囚要被绞死，六个高大的印度狱卒为他上绞刑架做准备，有的扛着上了刺刀的枪，有的给他上手铐，有的从手铐间穿出一条铁链，拴在自己的腰带上，有的用绳子把他的胳膊紧紧地捆绑在两侧，只有监狱长在催促：“这个人这会儿早应该吊死了。你还没有准备好吗？”大家都唯唯诺诺，只有一条狗活泼泼地跳到行刑的队伍里，做出了生命不止活动不息的演示。

“罗摩！罗摩！罗摩！罗摩！”这是死囚被绞死前唯一的声音。意味深长的是，围在他身边活着的人，谁都忍受不了这声对人世恋恋不舍的呼唤：“每一声呼唤，就是一秒钟的生命；我们脑子里都转着同样的念头：哦，快绞死他吧，结束生命吧，阻止那让人心碎的呼唤吧！”

要死的人和要活的人，绝望和侥幸，无奈和冷酷，是这样泾渭分明，然而，吊死一个健康的活生生的人，究竟意味着什么？

“少了一个心灵，少了一个世界。”奥威尔如是答。

那是在缅甸，一个雨水湿淋淋的早上。一缕病恹恹的阳光，如同黄灿灿的锡箔，斜斜地越过高墙，照进牢狱的院子里。我们在死刑犯牢房外面等候，那是一排前面装了双层铁栏杆的棚屋，如同狭窄的动物笼子。每个囚牢大约十英尺见方，里面空荡荡的，只有一张木板床和一壶饮用水。在其中一些囚牢里，一声不吭的棕色人蹲在里层铁栏杆后面，毯子披裹在他们身上。这些人就是被判死刑的人，一两个星期里都要被吊死。

一个囚犯已经被带出了囚牢。他是一个印度人，矮矮小小的一个人，头剃得溜光，两只混浊的眼睛。他长了一抹浓密的硬刷刷的胡子，相对他瘦小的身躯显得奇大，有些可笑，特别像电影里滑稽演员的大胡子。六个高大的印度狱卒在看守着他，为送他上绞架做准备。其中两个人扛着上了刺刀的步枪站在一边，另外几个给他戴上手铐，从手铐间拉出来一条铁链，拴在他们的腰带上，并且把那死囚的胳膊紧紧地捆在身子两侧。他们把他包围起来，他们的手始终放在他身上，小心地轻轻地抓着，仿佛无时无刻不在感觉他确确实实地待在那里。这好比人们处理一条鱼，鱼儿还活着，担心也许会跳回到水里去。但是，他静静地站在那里，没有反抗，把胳膊松弛下来，听由绳子捆扎，仿佛他根本没有注意将要发生什么事情。

八点钟敲响了，远处营房飘过来一声军号，在潮湿的空气里听来稀薄，荒凉。监狱长站在一旁，离开我们一些距离，闷闷不乐地用手中的拐杖戳着沙砾地面，听见军号时抬起头来。他是一名军医，留着牙刷一般的胡子，嗓音沙哑。“看在老天的分儿上，麻利一些吧，弗朗西斯，”他急不可待地说，“这个人这会儿早应该吊死了。你还没有准备好吗？”

弗朗西斯，牢头，一个肥胖的德拉维人，穿了一身白色斜纹粗布工作服，戴了一副金丝边眼镜，挥了一下黑漆漆的手。“是的长官，是的长官，”他惶惶地说，“一切都准备好了。刽子手在等待。我们可以过去了。”

“嗯，那就赶紧走吧。囚犯们要等这单活儿干完了，才能吃早饭。”

我们向绞刑架走去。两个狱卒各站在那个囚犯的一边，肩上扛着步枪；另外两个狱卒紧贴在他身边，抓着他的臂膊和肩膀，仿佛一边推着他走，一边扶着他。我们剩下的人，法警诸如此类，跟在后面。我们走出十码远时，一行人突然站住了，并未听见口令和警告。一件可怕的事情发生了——一只狗，天知道从哪里冒了出来，出现在牢狱院子里。只见那只狗在我们中间蹦来蹦去，汪汪汪大吼，一声接一声，在我们身边直往上蹿，浑身摇动不止，发现这么多人聚集在一起，兴奋得发疯。它是一只硕大的毛茸茸的杂种狗，一半硬毛犬血统，一半流浪犬血统。一时间，它围绕我们跳来跳去，随后，谁都来不及去阻止它，它径直向那个囚犯冲过去了，一跃而起，力图舔他的脸。大家都定定地站着，呆若木鸡，每人都不敢去降服它。

“谁把这该死的畜生放进来的？”牢头生气地责问道，“快来人逮住它！”

一个狱卒从一伙人中闪出来，笨手笨脚地向狗追去，但是狗儿跳跃不止，一下子躲开了，在这场游戏中，出尽了风头。一个年轻的欧亚血统的狱卒抓起一把碎石，想把那只狗打开，但是狗儿躲开了石块，再一次从我们后面赶来。狗的汪汪叫声在监狱高墙上引发了阵阵回声。那个囚犯，被两个看守紧紧抓着，冷冷地观看，一点不觉得好奇，好像这是上绞架前的另一种程序。一直过了好几分钟，才有人把那只狗逮住了。然后，人们用我的手绢儿拴住它的项圈，接着往前走，可那只狗还在挣扎，还在呜咽不止。

距离绞刑架大约四十码。囚犯走在我的前面，我盯着他那黑漆漆的赤裸的脊背端详着。他被人架起臂膊，走得有些歪歪斜斜，但是步子相当稳当，一松一紧的，从来伸不直膝盖的印度人，都走这样的步态。每走一步，他的腿肌都会紧凑地归位，他脑壳上留下的那绺头发上下跳动，他的脚在潮湿的碎石路上留下一溜印子。有一次，尽管狱卒抓着他两边的肩头，他还是稍稍闪向一边，躲开了路面上的一汪水。

说来不可思议，可直到这个时刻，我还一直没有意识到，吊死一个健康的活生生的人，究竟意味着什么。当我看见囚犯的步子闪向一边，躲开那汪水，我才看出了绞杀一个正值旺盛期的生命的秘密，这是难以言说的错误。这个人没有到垂死的时候，像我们一样活得好好的。他身体的每个器官都在工作——肠胃在消化食物，皮肤在新陈代谢，指甲在生长，细胞组织在更新换代——一切都在认真地埋头苦干。等他站在绞刑台上，等他吊在空中，还有十分之一秒的活头时，他的指甲还在生长。他的眼睛看着发黄的碎石，看着灰色的高墙，他的脑子还在记事，预判，想事儿——面对一汪汪水洼都想得很周到。他和我们组成了一起行走的人群，对这同一个世界观看，聆听，感觉，理解；可两分钟之后，突然间的咔嚓一声，我们中间的一个就命归黄泉了——少了一个心灵，少了一个世界。

绞刑架竖立在一个小院子里，与监狱的主要场地分隔开，杂乱的荒草疯长，很高。绞刑架是用砖砌起来的，像三面墙的棚屋，屋顶用木板搭成，两缕光线照进来，一根横梁上吊下一根绳子。刽子手，一个头发花白的罪犯，一身白色的囚服，在绞刑架一旁等候。见我们一行走进来，他点头哈腰地迎接我们。弗朗西斯一声令下，那两个看守这时把囚犯抓得更紧一些，半推半拥地把他送上了绞架，帮助他别别扭扭地走上那个梯子。然后，那个刽子手爬上梯子，把绳套准确无误地套在了囚犯的脖子上。

我们站在五码远的地方，等着。狱卒们围着绞架形成一个大概的圈子。然后，当绞索套固定后，囚犯开始向他的神灵呼喊。那喊声高亢，一遍又一遍：“罗摩！罗摩！罗摩！罗摩！”呼喊得不急不躁，也不害怕，宛如求救的祈祷，或者呼唤，但是很稳当，很有节奏，几乎就像教堂敲响了钟声。那只狗汪汪叫起来，回应这一呼唤。刽子手，仍然站在绞刑架一旁，掏出来一个像面袋一样的小口袋，套在了囚犯的脸上。但是囚犯还在呼唤，尽管被口袋的布遮挡起来，依然持续不断，一声接一声："罗摩！罗摩！罗摩！罗摩！"

刽子手从梯子上爬下来，站稳，握住拉杆。几分钟似乎过去了。囚犯那平稳的、发闷的呼唤一声接一声地叫出来："罗摩！罗摩！罗摩！"始终如一，丝毫没有磕绊。监狱长，头低垂在胸前，手里的拐杖缓缓地戳在地面上；也许他在为那呼唤声点数，等囚犯喊到一定的数目——五十下，或许，一百下。大家都脸色大变。印度人的脸色发灰，就像劣质咖啡，一两柄刺刀也在瑟瑟抖动。我们观望着那个套上了绞索、套上口袋的人，站在绞刑台上，倾听他的声声呼唤——每一声呼唤，就是一秒钟的生命；我们脑子里都转着同样的念头：哦，快绞死他吧，结束生命吧，阻止那让人心碎的呼唤吧！

突然间，监狱长下定了决心。他猛地抬起头，拐杖在空中嗖地挥舞一下。"查罗！"他叫了一声，几近愤怒。

咔嚓一声，然后一片死寂。囚犯一下子不见了，那根绳索自己在打旋儿。我放开了那只狗，它立即跑向绞刑架的背后；但是，等狗儿到了那里，却一下子停下来，汪汪地叫起来，随后退到了院子里的一个角落，在草丛里站定，惊魂未定地打量我们。我们来到绞刑架旁，察看囚犯的尸体。他吊在绳子上，脚趾直戳戳地向下垂去，非常缓慢地旋转着，死了，像一块石头。

监狱长伸出他的拐杖，戳了戳尸体，尸体微微颤动了一下。“他没事儿了。”监狱长说，他在绞刑架下转过身来，深深地呼出一口气，阴沉的表情从他的脸上一下子消失了。他瞅了一眼手表，“过去八分钟了。嗯，今天早上总算完事儿了，谢天谢地。”

狱卒们收起刺刀，列队离开。那只狗很清醒，明白自己表现不好，乖巧地跟在他们后面。我们走出绞刑架小院，路过那些死刑犯囚室，看见囚犯们还在等待，随后来到监狱的中央大院。罪犯们在佩带警棍的狱卒们的监视下，眼巴巴地准备接受早餐。他们蹲在地上，长长一溜，每个罪犯拿着一个铁皮小锅，两个狱卒提着食桶，挨着个儿往里面盛米饭；这场面看起来很温馨，很欢快，尤其在绞死人之后。这件事情做完了，我们大家都如释重负。你感到心血来潮，想唱歌，想雀跃，想奔跑。一转眼的事儿，大家都开始讲话了，有说有笑的。

那个走在我身旁的欧亚混血男孩，冲我们走过来的道路点了点头，露出了会意的微笑：“你知道吗，长官，我们的朋友（意指那个绞死的人），听说他的上诉被驳回时，当场尿在了他囚室的地上。吓坏了啊。——请抽一支我的香烟吧，长官。你不觉得我的新银烟盒很漂亮吗，长官？这是从小摊上买的，两卢比八安纳。呱呱叫的欧洲样式。”

好几个人大笑起来——为什么笑，没有人真的能确定。

弗朗西斯走在监狱长身边，喋喋不休地说道：“嚯，长官，一切进行顺利，令人打心眼儿里满意。干脆利落——咔嚓一下！这没得说。可事情并不总是这样——哦，不是的！我知道几个案例，医生还不得不到绞刑架下，把囚犯的腿拉一拉，确保人死了。那才让人倒胃口呢！”

“腿还在抽动，是吗？那就糟透了。”监狱长说。

“唉，长官，囚犯要是挣扎，那才更糟糕呢！我记得，有一个人，我们去带他出监时，他紧紧抓住他囚室的铁栏杆，死活不放。说你怎么都不相信，长官，用了六个狱卒一起上去扯他，三个人一组使劲拉一条腿。我们跟他讲道理。‘我亲爱的朋友，’我们说，‘想一想你给我们造成了多大痛苦和麻烦吧！’可是，没用，他就是不听！唉，他可真是难缠啊！”

我莫名其妙地哈哈大笑起来。大伙儿都笑起来。就连监狱长都终于忍不住咧了咧嘴。“你们大伙儿都出去喝一杯吧，”他几乎有点和蔼可亲地说，“我在车上有一瓶威士忌。我们来把它干了吧。”

我们走出监狱的双层大门，来到了马路上。“使劲拉扯他的腿！”一个缅甸法警突然大声说，憋不住大声笑起来。我们大家再次开始大笑不已。这个时刻，弗朗西斯讲的故事似乎特别值得玩味，十分好笑。我们大家一起喝酒，本地人和欧洲人不分彼此，表现得非常亲热。那个吊死的人，就在一百码之外。

一九三一年八月发表于《阿代尔非》

射杀大象

译者按：很小的时候，受一发小的撺掇，大腊月里，我目睹了一次杀猪宰羊的血腥场面，此后一听说屠宰二字就惊悸，以致在很长的时间里都不想吃肉了。可见屠杀的场面不是什么好看的东西。

在这篇散文里，奥威尔是受众人的胁迫，射杀了一头大象。他是一名“分区警官”，被请到了一头处于“狂暴状态”的大象所在的现场处理问题。大象因为发情而疯狂，见什么攻击什么，把一个印度苦力生生弄死，踩得血肉模糊。事到如此，奥威尔不得不把大象射杀，因为他身后有两千多缅甸人在看他怎么收拾残局。于是，奥威尔开始射杀一头大象。用猎枪打了三发子弹，枪枪击中脑门儿，大象瘫倒在地上，但拒绝死去。

奥威尔又朝大象的心脏部位打了两枪，大象还是迟迟不肯死去，尽管它血流如注。奥威尔只好派人取来他的来复枪，照准大象的心脏和喉部，一枪又一枪地射击，但是大象还是拒绝断气。“看见这头巨大的畜生躺在那里，没有力量活动，也没有力量死去，甚至不能把它结果了，实在令人胆战心惊。”奥威尔写道。

这是屠杀的恐怖，是现代武器摧毁一个大生命的过程，奥威尔荷枪实弹，看上去是一个白人“老爷”，无所不能的英雄，但在奥威尔的内心世界，他很清楚，在两千缅甸人的众目睽睽之下，他只是一个傀儡。他一点不想射杀大象，但是他不能在被殖民者面前丢人，不得已开了枪。

一篇散文写得曲里拐弯，拐到世界的演变，拐到了殖民统治的脆弱，拐到了殖民者和被殖民者的微妙关系，最后拐到了人类心灵的深处。难怪不少评论家认定这是一篇象征意义很深的散文。

在缅甸南部的毛淡棉，我遭到不少人的憎恨——我这一辈子，我还能遭人憎恨，重要到这步，这是唯一一次。我是毛淡棉镇的分区警官，镇上反欧人的情绪很强烈，却没有什么目的，是小小不言的那种。没有人胆大包天，敢掀起一场动乱，但是倘若一个欧洲妇女一个人在市场走过，有人也许会向她的衣服上吐口槟榔汁。身为警官，我是瞩目的目标，只要我被人捉弄又不致惹是生非，就总有人这么干。在足球场上，一个身体轻灵的缅甸人把我绊倒在地上，裁判（另一个缅甸人）便视而不见，一群人见状幸灾乐祸，笑得令人讨厌。这种事情发生过多次。到了最后，我走到哪里都有年轻人揶揄的黄脸冲我而来，我要是走远了，相距安全，各种脏话就紧随我身后，让我的神经不堪忍受。年轻的和尚尤其可恶，罪魁祸首。镇上有几千和尚，他们好像每个人都无所事事，只会站在街头的角落，讥笑欧洲人。

所有这一切都让人为难，让人烦恼。因为这时候我已经认定帝国主义是一种邪恶的东西，我要尽快辞去这个差事，越早摆脱越好。理论上讲——当然是内心里——我是完全同情缅甸人的，完全反对他们的压迫者——英国人。至于我所干的差事，我比他们还厌恶，满腔怨气，或许我都无法说清楚为什么。干这种差事，你能近距离看清帝国的肮脏勾当。倒霉的囚犯蜷缩在臭烘烘的紧锁的囚室里，长期服刑的罪犯脸色发灰，发绿，竹子抽打过的犯人的屁股结满血痂——所有这些让我感到压抑，犯罪感不堪重负。然而，我还看不透事情真相。我年轻，教育不良，我只能一声不响地思考我的问题，这是每个在东方混事的英国人躲都躲不过的。我还不知道大英帝国寿命不会久长，更不知道大英帝国会比将要取代它的年轻的新帝国好得多。我只知道，我夹在两者之间，一方面是我憎恨我效力的这个帝国，一方面我对那些心地龌龊的小畜生们大为生气，因为他们试图让我的工作无法进行。我一方面因为英国统治是一种打不破的暴政，是某种长期强加在被制服的人们身上的坏东西；我另一方面又以为世界上最大的乐趣是把刺刀捅进和尚的肚子里。这样的感受是帝国主义的正常的副产品；去问随便哪个英属印度官员好了，只要你在他下班时赶上他，一准会这样回答。

一天，一件事儿发生了，正好间接地说明了这种现象。这事本身是区区小事，不足挂齿，但是却让我大开眼界，看清了过去不曾看清的帝国主义的真正本质——暴虐的政府实施暴政的真实动机。一天早上，镇子另一头的警察所的副督察给我打来电话，说一头大象在市场上发疯撒野。我能拨冗去一趟解决点问题吗？我不知道我去了能做什么，但是我想去看看正在发生什么情况，于是我骑了一匹马，出发了。我带上了我的来复枪，那是一支老式四四温彻斯特步枪，火力很小，不足以射杀一头大象，但是我想枪声可以起到震慑的作用。一拨又一拨的缅甸人半道上拦住我，告诉我那只大象的所作所为。当然，那不是一头野象，而是一头驯养大象，正处在发情的“狂暴状态”。这只大象一直用铁链拴着，它们处在发情“狂暴状态”会攻击人时，都会用铁链拴起来，但是前一天夜里它挣脱开铁链，逃脱了。驯象人是大象发情期发狂时唯一能够对付它的人，他已经去追大象，可是他追错了方向，现在追出去十二个小时的路程了，清早起来这头大象却突然出现在镇子里。缅甸人没有武器，对付一头发疯的大象，一筹莫展。大象已经践踏了一家人的竹屋，弄死了一头母牛，糟蹋了一些水果摊，大吃了一顿；大象还遇上了市政垃圾车，司机跳车逃命，大象上前拱翻了垃圾车，乱踩一通。

那个缅甸籍副督察和几个印度警察在发现那头大象的地方等我。这是一处非常贫穷的地方，迷津一般的小竹屋连成一片，要多脏有多脏，屋顶上覆盖了棕榈叶，弯弯曲曲布满了一个很陡的山坡。我记得那是一个乌云密布的早晨，空气湿闷，大雨就要到来了。我们开始向人们打听，那头大象去哪里了，而且，一如平常，没有得到任何明确的答案。这在东方是屡见不鲜的情况；一件事情总是在远处听来明明白白，而你越接近事件的现场，事情变得越模糊。有人说，大象去了这个方向，有人说大象去了另一个方向，还有人干脆说根本就没有听说什么大象。我差不多认定这整个事情就是谎言堆积起来的，空穴来风，这时候，我们却听见不太远的地方有人嚷嚷。一个人扯足嗓子用吓唬人的口气叫道："躲开，孩子！赶快躲开吧！"只见一个老妪手持一根树枝，从一所小竹屋的角落冲出来，嘘声不断，不遗余力，驱赶一群赤身露体的孩子。她身后还跟了几个女人，斥责声一片，大呼小喝的；显然，那里有什么东西是儿童不宜看的。我绕到那面，看见一具男人的尸体，四仰八叉地躺在泥土里。那是一个印度人，一个黑黝黝的德拉维族苦力，几乎一丝不挂，他死去还没有多少分钟。人们说，那头大象突然从竹屋拐角冲出来袭击他，用鼻子把他卷住，然后把蹄子踩在他背上，把他拧进了泥土里。正好是雨季，地面柔软如泥，他的脸在地上划出一道槽沟，一英尺来深，两码多远。他趴在地上，两条胳膊交叉起来，头歪向一边，脖子断了一般。他的脸上挂了一层泥，眼睛瞪得很大，龇牙咧嘴的，一副痛苦万状的样子。（随便一提的是，可别跟我说死人看上去很安详。我见过的多数死尸都看上去面目狰狞。）那大畜生的大蹄子踩力好生了得，生生地把他背上的皮踩脱了，像一只剥皮的兔子。我一看见那个死人，就立即派人去附近一个朋友家借来一支射象的猎枪。我已经让人把我的马送回去，不想让马儿受到惊吓，失控，一旦它闻见了大象的气味，一准会把我撂下马背。

派去的人不一会儿就回来了，带来了一支猎枪和五发子弹，与此同时，有个缅甸人来告诉我们，那只大象就在下面的水稻田里，只有几百码远。我差不多刚抬脚起步，那一带的整个居民就都从他们的竹屋里走出来，跟在我身后了。他们过去见过这支猎枪，全都兴奋不已，大呼小叫，说我要去射杀大象了。那只大象践踏了他们的家园时，他们还没有表现出多大兴趣，但是现在大象要被射杀了，情况就大不相同了。这对他们来说是一番热闹，如同英国人扎堆看热闹一样；再说，他们还惦记着象肉呢。这让我隐隐约约地感到不安。我并无意射杀那头大象——我派人取来猎枪，只是为了必要时保护自己——一大群人跟在你身后，总是会令人感到紧张的。我大步走下山来，猎枪扛在肩头，看上去发傻，感觉也发傻，人群却在不断增多，闹闹哄哄的，在我的脚后寸步不离。下得山来，远离了那些竹屋，来到了一条铺了碎石的路上，路那边一千码的地方全都是泥泞的荒芜的水稻田，还没有耕过，刚刚下过雨，水汪汪的，长着一些杂草。那头大象站在距离大路八码远的地方，身子左侧对着我们。它丝毫没有注意到人群离它越来越近了。它用鼻子圈起野草，在膝盖上摔打干净，然后把草塞进它的嘴里。

我在路上站定了。我一看见那只大象，就很清楚我不应该射杀它。射杀一头干活儿的大象，是一件很缺德的事情——这好比捣毁了一台巨大的珍贵的机器——明摆着，你但凡能避而不做，就不应该做。在这样远的距离，那头大象在安静地吃草，看起来不会比一头母牛更有什么危险。我当时和现在都认为它发情期的“狂暴状态”已经过去了；果真那样，它只是到处乱转，不会伤害人，等驯象人回来逮住它就万事大吉了。再说，我一丁点都不想射杀它。我决定从旁观察它一会儿，弄清楚它不会再撒野发疯，然后我就回家去了。

然而，这时我瞅了一眼跟在我后面的人群。好大的一群人，至少有两千之众，而且每分钟都还在增多。人群把大路的两头都堵上了。我审视一番一张张黄脸组成的海洋，服饰十分扎眼——

每张脸都很高兴，很兴奋，因为这是难得一见的事情，大家都断定这头大象就要被射杀了。他们都在看着我，如同他们在围观一个魔术师变魔术一样。他们不喜欢我，但是我手里的猎枪很有魔力，特别值得一睹为快。猛然间，我意识到我非得把这头大象射杀了才能收场。人们期待我这样干，那我就不得不这样干；我能够感觉到他们两千多个愿望在催逼我向前走，不可逆行。而且就在这个时候，我手握猎枪站在那里，第一次看透了白人在东方统治的空虚、无益。我就在现场，一个白人扛着一支猎枪，站在手无寸铁的本地人群前面——看起来像这件事情的打头人；然而，实际上，我只是被那些身后的黄脸的意志推来推去的一个可笑的傀儡。这时，我明白了，当白人变成暴君时，他摧毁的是他自己的自由。他变成了一个空心的、摆样子的稻草人，一个本土化的白人老爷。处于统治的情势，他要花费生命，不遗余力镇压"土著"，因此每逢危机到来，他就被逼无奈，"土著"期望他干什么，他就得干什么。他戴了面具，他的脸就得随着面具生长。我不得不把这头大象射杀了。我派人把猎枪取来，已经自找麻烦，必须开枪射杀。一个老爷就要有一个老爷的样子；一个老爷要表现得坚毅果敢，敢于决断，做事义无反顾。事情已经到了这一步，猎枪在手，两千人在我的脚后步步紧逼，这个关键时刻要临阵逃脱，无所作为——不成，那是绝不可能的。人群会笑话我。我的整个一生，白人在东方面临的一切，长期以来斗争不息，是不能让人笑话的。

然而，我真的不想射杀这头大象。我看着它在膝盖上摔打青草，是那么投入，全然一副大象们才有的老祖母的模样。我觉得把它射杀，那就是一种谋杀。在这个岁数，我杀害动物还不会感到内心不安，但是我还从来没有打死过我压根儿不想打死的大象。（说不清什么原因，打死一头大型动物总是更加令人不安。）再说，大象主人的利益也是要顾及的。活生生的，一头大象至少身价一百镑；死了，它就只有两根象牙的价值了——不过区区五镑钱。可是，我还必须立即采取行动。我向一些看上去有阅历的缅甸人转过身去，因我们赶到时他们就在现场，询问他们这头大象过去表现怎么样。他们都说了同样的情况：要是你不去招惹它，它不会在乎你，但是如果你向它靠近，它就会发起攻击。

我应该怎么做，这下再清楚不过了。我应该走上前去，比如说，距离大象五码远，看看他有什么反应。如果它攻击，我就开枪；如果他不理我，我就任它去，等驯象人回来。然而，我也知道，我要去做的不是这样的事情。我使用猎枪不是一把好手，地面稀软如泥，每迈一步都会陷入泥里。如果大象冲过来，我没有打中，那我十之有九会成为轧路机下的癞蛤蟆。不过，就是这个时候，我也没有特别想到我自己这张人皮，只是考虑身后一张张咄咄逼人的黄脸。这一时刻，人群在注视我，我不能表现出那种正常的惧怕，如同我一个人在场时该有的那种感觉。一个白人在

“土著”面前，一定不能惧怕；所以，一般说来，他是不会害怕什么的。我脑子里的唯一想法是，一旦发生什么不测，这两千多号缅甸人只会眼看着我被追逐，被逮住，被踩踏，被踩成一具稀烂尸首，如同山上那个印度人的下场。如果酿成这种惨祸，一些缅甸人很可能哈哈大笑。这是无论如何要不得的。这里只有一种选择。我把弹夹上进枪膛，卧在路面上，找到更好的射击点。

人群安静下来，非常安静，一声深深的、缓缓的、高兴的呼吸声传来，如同人们看见剧院的大幕终于拉开了，无数的喉咙发出了气息。他们这下终于要看到他们的好戏了。猎枪是一支漂亮的德国货，十字瞄准线。我当时并不知道，射杀一头大象，应该瞄准一条想象中横穿两个耳朵眼儿的横线。所以，大象侧身对着我，我应该直接瞄准它的耳朵眼儿；实际上，我瞄准了耳朵前面几英寸的地方，以为脑子应该在靠前一点的位置。

等我扣动扳机时，并没有听见砰的一声，也没有感觉到咔嗒一下——开枪打中的瞬间你是从来没有反应的——但是我听见人群中爆发出来的邪恶的欢呼声。这个片刻你会想到，只是眨眼之间，子弹便射中了目标，大象发生了神秘的、可怕的变化。它没有乱动，也不曾倒下，然而它身体的每一条纹路都改变了。大象看上去像遭受了打击，哆嗦一下，顿时衰老异常，仿佛子弹那可怕的冲击力没有把它击倒在地，却让它瘫痪了。终于，过了似乎很长的时间之后——我估计只不过五秒钟的样子——它软瘫下来，松松垮垮，跪倒在地了。它的大嘴直淌口水。一种老态龙钟的样子好像一下子降临到它身上了。你可能会想到它有几千岁了。我瞄准原来的地方又开了一枪。挨了第二次射击，它还是没有瘫倒在地，只是极其缓慢地用腿爬起来，虚弱不堪地站起身子，四条腿在往下垂，脑袋耷拉下来。我开了第三次枪。这一枪要了它的命。你能看见这一枪的痛苦传遍了它的全身，把它四条腿的仅有的力量打掉了。然而，在倒下去的瞬间它似乎又要站立起来，因为在它的后腿坍塌在身下时，他似乎像一块巨石倾覆一样，它的上身却高高耸起来，象鼻子刺向天空，宛如一棵大树。它哀叫一声，第一次也是唯一一次。然后，它倒下了，它的肚子朝我这边倾来，随后是扑通一声，好像震撼了地面，连我匍匐的地方都感觉到了。

我站了起来。缅甸人早已抢到我前面跑进水稻田里去了。明摆着，那大象再也站不起来了，可是它还没有死。它呼吸得很有节奏，长气呼噜呼噜地响着，它那大山一样的肋侧痛苦地鼓起来又落下去。它的嘴张得大大的——我能看见它粉色的喉咙很深的地方。我等了很长时间，等它一命呜呼，但是它的气息一点没有减弱。最后，我把剩下的两颗子弹射进了我以为必定是它心脏的地方。顿时，浓血如注，好像红色的天鹅绒，从它身体里涌出来，但是它还没有死去。两颗子弹射中它时，它的身体甚至没有抽动一下。它行将死亡，很缓慢，痛苦万状，可是在某个远离我的世界，即便子弹也不能再伤害它了。我觉得我不得不把那种可怕的声音结束了。看见这头巨大的畜生躺在那里，没有力量活动，也没有力量死去，甚至不能把它结果了，实在令人胆战心惊。我派人取来我的小来复枪，一枪又一枪打进它的心脏去，打进它的喉咙去。这些射击似乎没有什么作用。那种折磨人的喘息声还在继续，一下接一下，好像钟表的嘀嗒声。

最后，我再也忍受不下去了，起身走开了。我后来听说过了半个小时它才死了。缅甸人早在我离去之前就纷纷拿着桶和篮子赶来了，人家告诉我那天下午，他们分割了它的尸体，只差把骨头也弄去。

事后，当然，关于射杀那头大象的议论没完没了。象的主人气坏了，但他不过是一个印度人，一点办法也没有。再说了，我干这件事儿合理合法，因为一只发疯的大象必须打死，如同一只疯狗必死无疑一样，如果它的主人无法控制它的话。在欧洲人中间，看法有分歧。上年纪的人说我做得对，年轻人则说因为害死一个苦力而打死一头大象是一种耻辱，因为一头大象要比任何该死的科林希苦力都值钱。事毕，我心下窃喜那个苦力是被大象残害的，这让我在法律上名正言顺，让我有足够的理由射杀那头大象。我经常嘀咕是否有谁看透，我其实只是避免在人前充当一个傻瓜，才开枪打死那头大象的。

一九三六年秋发表于《新写作》

书店记忆

译者按：奥威尔一生与书打交道，去书店谋个差事是情理之中的，因此读者有理由认为他笔下的书店是可爱的、温馨的、令人向往的。无奈奥威尔一贯认真，在书店看见了各种各样的人，就是不像文化人：进书店不是为了买书，而是为了表现自己；买书不是为了看书，是为了应酬社会礼尚往来；订书不是为了购书，是为了追求想象中花钱的感觉……书店不是净土，只是这个熙熙攘攘的社会的一个别有洞天的角落。相比较，书店倒也算不上令人讨厌的地方。

如果开书店为谋生，为盈利，什么书好卖就会在书店唱主角。当然，在英国，莎士比亚永远是书店的主角，狄更斯也可以成为主角。围绕书，书店还可以经营副业，例如圣诞卡和出借图书。总之，从经营的角度看，书店的最大优势是“联合企业也永远不会把一个独立的小书商挤得无法生存，如同它们挤压杂货商和送奶人一样”。

把书店写得这么有层次，有味道，完全得益于奥威尔具有个性的独特的角度：智者只管发明某种东西，世人立即紧随其后来糟蹋这种东西，或说让它世俗化。关键是智者要随时随地来把这种东西挖掘出来，晾晒出来，让世人重新窥见其真实面目，调整个体的生活态度，求得共同的取向和进步。

我在一家旧书店工作时——如果你没有在旧书店工作过，是很容易把它想象成一种天堂，迷人的老先生们一如既往地在小牛皮封面的珍本中间徜徉浏览——让我印象最深的事情是真正喜欢书的人凤毛麟角。我们书店的藏书令人流连忘返，实属少见，然而我怀疑我们的顾客中十分之一都不知道好书和坏书的区别。顾客中多数是见了初版书就买的附庸风雅之士，热爱文学的人并不多见，不过讨价还价便宜教科书的东方学生更是常客，而为自己的甥男甥女寻找礼物的懵懂女人最为常见。

许多到我们书店来的人，是那种在哪里都会遭人讨厌的人，不过在书店里尤其有机会原形毕露。举例来说吧，可亲的老太太“想买一本书送病人”（非常普遍的要求），另一个可亲的老太太想看一本一八九七年出版的好书，不知道你能不能给她找到一本。不幸的是，她忘记书名叫什么了，只记得书的封面是红色的。除了这两种人，还有两种名声在外的讨厌人，光顾所有的旧书店。一种是满身面包屑味儿的腐朽之人，每天都到书店来向你推销一文不值的书，有时一天能来好几次。另一种是一口气订下大量图书的人，却根本无意购买。在我们书店，什么图书都不赊购，但是我们会把书留住，如果必要也会订购，等他们以后方便了来取。几乎有一半人是订了书却再也不会来取的。一开始，这让我百思不得其解。他们为什么要这么做呢？他们往往会来要些稀有的贵重的书，会再三要我们保证，把书给他们留着，然后他们却一去不复返了。不过，当然，他们中不少人是不可理喻的偏执狂。他们通常说话都自以为是，编造一些荒诞不经的说辞，解释他们出门正好忘了带钱了——许多人编造的故事，我相信他们自己都信以为真了。在像伦敦这样的城市，总是有大量可以确诊为疯子的人在大街上乱闯，他们就喜欢往书店跑，因为书店是他们可以闲荡的少数去处之一，时间不限，无须花钱。后来，你一眼就能看透这些人了。尽管说得天花乱坠，话中总有蛀虫的味道，神情散漫。我们和一看就是一个偏执狂的人交往，往往会把他要的书找出来，可等他一走就又放回书架上了。我注意到，这种人倒是没有一个打算不出钱就把书拿走的；只是预购一下就足够了——我估摸，这让他们幻想他们真的把钱花掉了。

像许多旧书店一样，我们经营多种副业。比如，我们出售旧打字机，还有邮票——我指用过的邮票。集邮者是一群奇怪、沉默、鱼儿一样的人，各种岁数的人都有，不过只是男性；显然，女人们看不出来把五颜六色的小纸片粘在集邮册里有什么乐趣。我们也出售六便士一张的皇历，编撰这玩意儿的是一个声称预测过日本大地震的人。这些玩意儿封在信封里出售，我从来没有见过一个顾客亲自打开信封看看，但是那些购买过的人经常回来告诉我们，他们购买的皇历有多么“真实”。（毫无疑问，如果皇历告诉你对异性有相当高的回头率，你最坏的毛病是出手大方，它们好像就是“真实”的了。）我们经营儿童读物的生意很不错，主要是“处理品”。现代儿童书籍都是一些相当可怕的读物，尤其你看见它们乱七八糟堆在一起时。就我个人来说，我宁愿送给孩子一本仲裁者佩特罗尼乌斯的书，也不愿意送《彼得·潘》，不过与巴里后来的模仿者的作品相比，巴里的作品似乎是很有男子气概、很有益健康的书了。圣诞节期间，我们要晕头晕脑地忙乱十多天，应付圣诞卡和日历，出售这些东西很烦人，但是在节日期间生意一直很不错。我觉得，看到基督徒的感情被野蛮的唯利是图利用，怪有意思的。圣诞卡公司的推销活动，经常是早在六月份就把他们的目录寄来了。他们的发票上有一句话，深深地印在我的脑子里。那句话是：

“两打。婴儿耶稣和兔子。”

但是，我们主要的副业是一个借书图书馆——就是那种常见的“两便士租金，无须押金”的出借图书馆，藏书多达五六百册，全部都是小说。在一家借书图书馆花两便士借上一本书，把标签撕掉，然后一先令卖给另一家图书馆，这算得上世界上最容易的犯罪。然而，书商一般认为，若干图书被偷窃（我们一个月往往会丢失十几本书），较之要求押金而吓走顾客，在他们来说更合算。

我们的书店正好在汉普斯特德和卡姆登镇的交界处，各种顾客都光顾，有的是贵族身份的，有的是公共汽车售票员。也许我们图书馆的读者算得上伦敦读书界成分比较复杂的。因此，值得注意的是，我们图书馆所有作家中，谁的书“出借”最频繁呢——普里斯特利？海明威？沃尔浦尔？沃德豪斯？不，是伊瑟尔·M. 戴尔、排在第二位的是沃里克·迪平，而杰弗莱·法诺尔应该说排在第三位了。戴尔的小说，当然，是只有女人们才看的，是各种各样的女人，各种年龄的女人，不只是一般你以为的那样，仅仅是郁结的老姑娘和香烟店老板的肥老婆。男人不看小说的说法是不对的，但是有一大批小说他们避而不读却是真的。大体上说，你可以称之为平均水准的小说——通常说的那种小说，好的差的都算，高尔斯华绥加了水分的那种，英国小说的通常形式——好像专为女人写出来的。男人阅读的小说要么是可能应该尊重的小说，要么是侦探小说。不过，他们阅读侦探小说的数量可怕。据我所知，我们的一个读者，一年当中，一个星期要读四五本侦探小说，还不算他从别家图书馆借阅的书呢。让我深感吃惊的是，他还从来不会把同一本书看两遍。明摆着，整整一大批垃圾，囫囵吞枣（我估算一下，他每年阅读的页数铺展开来可以占地四分之三英亩），都会储存在他的记忆中。他对书名和作者名都不注意，可是只需瞅一眼书中内容，就能告诉你他是不是“已经看过”了。

在一家出借图书馆里，你能看出来人们的真正胃口，不是他们假装的那种，而是一种让你大跌眼镜的事情：“经典”英国小说家完全掉出了他们的胃口之外。把狄更斯、萨克雷、简·奥斯丁、特罗洛普的书放在普通的出借图书馆里，简直是多此一举。人们一看是十九世纪的小说，便会说：“唉，那是老书！”随后，他们转身就走。可是，出售狄更斯的书总是易如反掌，正如同销售莎士比亚的作品一样。狄更斯是那种多数人“总会打算看”的作家，和《圣经》的情况差不多，狄更斯是通过二手材料广为人知的。人们会听人说比尔·赛克斯是一个窃贼，而密考伯先生长了一个谢顶的脑袋，正如同他们听说过摩西是在一只蒲草篮子里被发现的，看见了上帝的“背部”。另一件事情是，美国的书越来越没有人看了。还有一件事情——出版商为这事儿每隔两三年就头疼一次——那就是短篇小说不受欢迎了。要求图书馆员挑选图书的人，差不多一开口就会说：“我不要短篇小说啊。”或者一如我们的一个德国读者说的，“我不想看篇幅短小的故事”。如果你问他们为什么，有时他们会解释说，每篇故事里的一批新人物都需要理出头绪，令人伤脑筋；他们喜欢“看进去”一部小说，第一章看过就无须再费脑子了。不过，我认为，在这点上，作者要比读者更应该责备。多数当代短篇小说，英国的也好，美国的也罢，全都没有生气，没有价值，比起长篇小说差多了。短篇小说应该是很受人欢迎的故事，像 D.H. 劳伦斯，他的短篇小说就如同他的长篇小说一样广受读者欢迎。

我愿意一辈子做个卖书的人吗？总的说来——尽管我的雇主对我和蔼可亲，我在书店也颇有开心的日子——答案是否定的。

地段好，资金够，任何受过教育的人开一家书店，都应该做到衣食无忧，安享人生。除非你从事“珍本”书买卖，这是一个不难学会的行业，而且如果你了解书中的内容，从事这行会有很大优势。（多数书商都不了解书中内容。你只需在行业报纸上看看他们的广告内容，就能掂量出他们有几斤几两了。你不是看见一则广告误认为鲍斯韦尔写出了《罗马帝国的衰亡》，就是误把 T.S. 艾略特当作《弗洛斯河上的磨坊》的作者了。）再者是，这是一个有人情味的行业，不会被人搅和得过分世俗化。联合企业也永远不会把一个独立的小书商挤得无法生存，如同它们挤压杂货商和送奶人一样。但是，工作时间很长——我只是一个半日雇员，而我的雇主一星期要上七十个小时的班，这还不算经常外出去进书的时间——算得上一种不健康的生活。一般说来，书店在冬季都寒气袭人，因为如果书店暖和了，窗户就会生出雾气，而书商是要靠橱窗吸引眼球的。还有，书比其他任何发明出来的东西都更容易落上灰尘，拍掉了还会落上，而且书的顶端是绿头苍蝇特别愿意一死了之的去处。

然而，我不愿意在图书行业混一辈子的真正原因，是我身在书店里，却失去了对书的兴趣。一个卖书的，不得不为书编造谎话，这让人对书倒胃口；还有更糟糕的是，他要经常把书上的灰掸掉，把书挪来挪去。曾几何时，我真的很爱图书——喜欢审视书的样子，闻书的味道，摸摸书的感觉，我是说，至少在它们已有五十多年的寿数的话。在乡间拍卖会上，花上一先令钱，一下子买到一大摞书，那是让我再开心不过的事儿了。你在这样的书堆里捡到一本意外的老旧书，一种特殊的喜悦会油然而生：十八世纪次要的诗人，过期的报纸，为人遗忘的珍稀书卷，六十年代合订本《妇女杂志》。只为随意翻一翻——比如在浴室里，或者上床太晚累得不能入眠的深夜，或者午饭前的一刻难得的空隙——没有什么比瞅几眼过期的《少女自己的报纸》更惬意的了。然而，我在书店上班不久，我就停止买书了。看见书堆成堆，一次就有五千或者一万册，书便令人厌烦了，甚至有点让人反感。现如今，我偶尔会买一本书，不过那只是一本我想看的书，借不到的书，我从来不买无用的垃圾书。黄旧书页的好闻味道，我再体味不到了。在我心中，书和偏执狂读者以及绿头死苍蝇之间联系得太紧密了。

一九三六年十一月《半月刊》

文学和极权主义

译者按：这是奥威尔对极权主义思考成熟的重要文章，发表于一九四一年，时隔两年，他写出了《动物农场》；时隔七年，他写出了《一九八四》。他弄清楚了极权主义究竟是怎么回事，怎么对所有的人进行思想奴役，怎么做到对人的思想进行控制和影响。它不是真理，只是极少数人凭借绝对权力对绝大多数人肆意统治的结果。要做到这点，只能先从物质上做到绝对控制，让个体经济彻底消失，让个人空间全然丧失，让人感到绝望而变得畸形，让人陷入你死我活的斗争——一切都畸形起来，扭曲起来，最终导致一种可怕的没有道德、民主和平等的社会：

"极权主义不仅不让你表达某种思想，连拥有某种思想都不成，索性规定你应该怎么思想，索性为你生造一种意识形态；除了给你规定的行为准则以外，极权主义还会来管制你的感情生活。极权主义想方设法把你与外界隔绝开来，索性把你关在一个人为的宇宙里，让你失去比较的标准。”

“极权主义国家的特点是，国家虽然控制思想，可并不固定思想。国家确立不容置疑的教条，可是又每日都改变。极权主义需要教条，这是因为极权主义需要其臣民的绝对服从，却又不能避免变化，因为极权政治离不开这种需求。极权主义自称自己绝对正确，同时对客观真理这一概念又不断攻击。”

振聋发聩的表达。尽管七十多年过去了，这些表达不仅没有过时，还愈来愈彰显出夺目的光芒，这实在值得每个知识分子深思。

我在第一次讲座里，开篇就说过，眼下不是批评的时代。眼下是一个党同伐异的时代，不是一个超然的时代；在这样一个时代里，一个人对某本书中的结论不同意，要发现它的文学价值，是特别不容易的。政治——意义最大化的政治——已经入侵文学了，其程度之深，在正常情况下是无法达到的，而且还把个人与群体之间的斗争带到了我们意识的表层。在我们所处的这样的时代，你想到写出正直的没有偏向的批评都有困难时，就会很容易联想到，在未来的时代里，威胁的性质必会悬垂在文学的头上。

我们生活的时代，独立自主的个体已经开始渐行渐远，变得模糊了，或者应该确切地说，个体已经开始不再有独立自主的幻想了。目前为止，在我们关于文学的所有谈论里，尤其是在我们关于批评的所有谈论里，我们还都本能地把独立自主的个体看作是理所当然的事情。整个现代欧洲文学——我是指过去四百年的文学——是建立在思想诚实的概念上的，或者，要是你愿意那样讲的话，是建立在莎士比亚所说的“对你自己要诚实”这句名言上。我们对作家的第一个要求是，他不应该说假话，应该说出他的真实思想，他的真实感觉。对一件艺术作品，说它不真诚，算得上可以说的最狠的话了。对于批评来说，更应该是这样的。在创作中，只要作者的态度基本上是真诚的，那么，有一些装腔作势和矫揉造作，哪怕一定程度的赤裸裸的弄虚作假都是说得过去的。现代文学从根本上说，是个人的事情。文学要是不真实地表达个人的思想和感情，它是一钱不值的。

我讲过，人们要把这种想法看成无关紧要的东西，而一旦用言语表达在纸上，我们就会看得出文学会受到怎样的威胁了。这是因为，目前是极权主义国家的时代，极权主义不允许、也许就不能允许个体有任何自由。说到极权主义，我们立刻会想到德国、俄国和意大利，可我认为，我们必须正视这种现象，把它视为世界性现象的大敌。明摆着，自由资本主义时期即将告一段落，一个国家接着一个国家，都会采取集中化经济，对此，我们可以按自己的爱好称它为社会主义或者国家资本主义。这样的经济一经确立，个体的经济自由，在很大程度上来说，个体去做自己愿意做的事情的自由，选择工作的自由，在地球表面来往的自由，都会因此而结束。直到目前，这种状况的含义还没有被人看出来。人们从来没有充分认识到，经济自由的失去，会对思想自由产生什么深刻影响。一般认为，社会主义是一种道德化的自由主义。国家要掌控你的经济生活，让你免于贫困和失业等等的惧怕。然而，国家不应该干涉你私人的思想生活。艺术应该如同在自由资本主义时代里那样欣欣向荣，还应该更加繁荣昌盛，这是因为艺术家不必再为经济压力忧心忡忡了。

可是目前，按照已有的状况，我们只得承认，这些想法是一厢情愿，空穴来风。极权主义废除了思想自由，而且废除的程度是过去任何时代都闻所未闻的。对下面这点倍加重视，至关重要：极权主义对思想的控制不仅仅是被动的，还是特别主动的。极权主义不仅不让你表达某种思想，连拥有某种思想都不成，索性规定你应该怎么思想，索性为你生造一种意识形态；除了给你规定的行为准则以外，极权主义还会来管制你的感情生活。极权主义想方设法把你与外界隔绝开来，索性把你关在一个人为的宇宙里，让你失去比较的标准。总而言之，极权主义国家就是要控制其臣民的思想和感情，起码要如同它控制人们的行动一样铁板一块，毫不手软。

对我们来说，至关重要的是：在这样一种气氛中，文学是不是还能生存下去？我以为，大家一定要干脆地回答说：不能。如果极权主义成为世界性的，成为永久性的，那么我们所理解的那种文学就必然会彻底消失。换句话说，彻底消失的东西，仅仅是文艺复兴以来的欧洲文学，这话还不到位，或许在开始的阶段这话还说得通。

在极权主义和过去所有的正统文学之间，不管是欧洲的还是东方的，存在着几方面截然不同的要点。最重要的不同之处，是过去的正统主张不会朝令夕改，或者至少改变得朝秦暮楚。在中世纪的欧洲，教会决定人们应该信仰什么，不过教会起码允许人们从出生到死去，都保持一种信仰。教会没有逼着人们星期一信仰这个，星期二便信仰那个。即使今日，不管什么样的正统基督教徒、印度教徒、佛教徒或者伊斯兰教徒，信仰在不同程度上都是始终如一的。在某种意义上来说，信徒的思想是有限定范围的，信徒一辈子都在同一种思想框架里终其一生。信徒的感情不会受到干扰。

然而，在极权主义世界里，情况截然不同。极权主义国家的特点是，国家虽然控制思想，可并不固定思想。国家确立不容置疑的教条，可是又每日都改变。极权主义需要教条，这是因为极权主义需要其臣民的绝对服从，却又不能避免变化，因为极权政治离不开这种需求。极权主义自称自己绝对正确，同时对客观真理这一概念又不断攻击。举一个显而易见的例子吧，一九三九年九月以前，德国人谁都必须用恐惧和厌恶的态度来看待俄国布尔什维克主义，可是，时隔不久，人们又必须用钦佩和挚爱的态度来看待布尔什维克主义。假如俄国和德国开战，而这在几年之内是很可能的，那么，截然相反的情况就又要发生了。德国人的感情生活，他们的爱和恨，情和仇，如果必要，一夜之间就必须颠倒过来。这种情况对文学的影响同样是不言而喻的。写作，从根本上说是感情方面的事情，而感情不能总是遭受外界的控制的。至于那时的正统思想，口头上奉承一下，再容易不过，但是任何内涵深刻的作品是只有在你感到所表达的东西是真实的情况下才能诞生；没有这样的前提，创作冲动是不会产生的。我们所了解的全部情况已然表明，极权主义只求其追随者在感情上做出变化，从心理学上来看是做不到的。我为什么说，如果极权主义在全世界独霸时，我们所熟悉的文学就会消失殆尽，主要原因就在这里。事实上，极权主义目前看来好像确实产生了效果。在意大利，文学受到了戕害；在德国，文学好像几乎不复存在了。纳粹最有代表性的行径，就是焚书。即便在俄国，我们曾经期望的文艺复兴也没有出现，最有前途的俄国作家，不是自杀，就是坐牢，这已经成了有目共睹的走势。

我在上文说了，自由资本主义显然已经到了尽头，因此，我可能要说思想自由也不可避免地注定要不复存在了。但是我又不相信情况会是这样，最后我要简单地说，我相信文学能够生存下去的希望就在那些自由主义根深蒂固的国家，不以战争为业的国家，西欧和美洲各国，印度和中国。我相信——或许这不过是虔诚的希望而已——虽然集体化的经济迟早会出现，但是这些国家知道应该如何发展一种社会主义而不搞极权主义，在经济个体主义消失之后，思想自由仍然可以维持下去。无论如何，这是任何一个关心文学的人能够怀有的唯一希望。不管是谁，只要重视文学的价值，只要能看见文学在人类历史发展上所起的中心作用，就一定能看见抵抗极权主义的生死攸关的必要性，不管这样的极权主义是从外部还是从内部强加给我们的。

一九四一年六月《听众》

译后记

一“凡是”和“任何”

重译这部不足六万汉字的伟大作品，尽管原因很不爽，我却是欣然动笔的。翻译是一种嚼烂再咽下去消化的过程，是任何一种阅读都无法相比的，比如细读、精读和解读，比起翻译一种作品，那都只是一种读法而已。哪怕你阅读得烂熟，但是一旦动手翻译起来，你还是会大吃一惊：这个词儿是这个意思啊！这句话是讲那东西吗？这些信息我当时怎么都没有注意到呢？尽管如此，一本书可以反复阅读，但是一个人却很难反复翻译一种作品，因为翻译毕竟是一种付出太多的劳动。

然而，《动物农场》是值得重译的作品。我经常想，如果奥威尔不是用动物做他笔下的各种角色，换成人类，那么无论写大人物还是写小人物，无论写悲剧还是写喜剧，都无法在六万汉字的篇幅里表达这么多的内容，这么深刻的寓意，这么触动灵魂的厚度。

小说里涉及狗、马、山羊、驴子、乌鸦和猪，这些动物有名有姓，算角色；绵羊、奶牛、猫、鸽子和成群的鸡与鹅，无名无姓，算群众演员。谁可以成为《动物农场》上的主人公呢？一般人可能会在狗身上做文章，而且写狗狗的文学作品也确实不少。不过，奥威尔似乎只给三只狗起了名字——布鲁贝尔、杰西和平彻，因为正是这三只有名有姓的狗生了九只小狗，被拿破仑包养起来，后来成了他一步步独揽大权并成功地当上独裁者的有效工具，相当于希特勒豢养的无恶不作的党卫队，从而把狗的属性写到了本质。当然，马是人类最得力的好朋友，写马的文字，古今中外，几近汗牛充栋的程度。奥威尔写了三匹有名有姓的马，每一匹马代表一种性格，而且几乎是为了给这三匹马做映衬，才写了动物农场的哲学家驴子本杰明、略识文字的白山羊缪里尔。乌鸦摩西代表鸟类，没有腿而有翅膀，来去自由的一个形象，代表没有腿的动物。我没有想到奥威尔会把猪写成主人公，有名有姓的有四只；一只称为少校的老公猪，没有名字，但是十章容量的小说，作者用了几乎整整一章写少校的讲话，其核心价值是“人是所有动物的老爷”“所有人都是敌人”“所有动物都是同志”。待到动物们揭竿而起，把庄园农庄攻打下来，建立了政权，开始筹建乌托邦了，正是根据少校临终前的这番讲话的核心价值，归纳出了神圣的宪章性质的“七大戒律”：

一、凡是两条腿走路的都是敌人。

二、凡是四条腿走路的，或者长翅膀的，都是朋友。

三、任何动物都不准穿衣服。

四、任何动物都不准在床上睡觉。

五、任何动物都不准喝酒。

六、任何动物都不准杀害其他动物。

七、所有动物都生而平等。

首译《动物农场》这部内涵丰富的作品，我把前六条戒律的开头都翻译成了“凡是”二字，重译时只把 1、2 条用了“凡是”，而 3、4、5、6 条则改作“任何”。这样的改动，不仅是重新领会原作的结果，而且回头看还与我的年龄大有关系。首译时我正往五十岁上奔，自以为从小被灌输的政治语言，已经摆脱得差不多了。仅仅过了十几年，再看一连使用的六个“凡是”，政治语言在我脑子里的残留依然如此嚣张，大大出乎我的意料。这七大戒律最后围绕着独裁者拿破仑转圈圈，越转越小，把他舒舒服服地包裹起来，起先虽然只是在特定戒律上抠字眼地稍加涂改，但内容却发生了根本改变，比如第四条“任何动物都不准在床上睡觉”涂改成了“任何动物都不准在有被褥的床上睡觉”；动物在柴火窝里睡觉，充其量铺盖一些麦秸或杂草，铺了被褥睡觉就是人的行为了。又比如第五条“任何动物都不准喝酒”涂改成了“任何动物不得饮酒过度”。喝酒是享乐，酗酒则是堕落，这更是人的行为。动物们造反夺取政权，与人不共戴天，夺取政权后却偷偷摸摸地向人的生活靠近，而这样的更改戒律，又都是为了适应统治阶级和独裁者的一步步腐化和享受。到了最后，更具深刻寓意的是，七大戒律最后剩下了三行字，归纳成了一条规定：

所有的动物生而平等
但是一些动物生来要比
另一些动物更平等。

这一条新规定一出台，“凡是”相对“所有”，难免显得空洞，不如“任何”带出的内容更有对比性，也更能给读者留出思考空间。不过，最令我感到脸红和惊愕的是，这种从小灌输的政治语言的毒素，导致了首译译文中的一个可怕的黑白错误：

如果你们有你们的低等动物感到满意，那么我们有我们的低等阶级感到满意。

以上是首译里的句子，而重译里相对的句子是：

如果你们有你们的低等动物要斗争，那么我们有我们的下等阶级要斗争。

刚发现这个错误时，我真有点懵了：怎么会出现这样的错误呢？不是理解问题，因为句子不复杂，没有生单词，只是因为把 contend 误看成 content 了吗？仅仅是个看走眼的问题吗？误看导致误译，是翻译活动中比较容易犯下的错误，可是尽管这两个英文词儿只有一个字母 d 和 t 的差别，但是对于这两个一点也不生僻的英文词儿，我实在是不应该出现这样的错误啊？这个疑问一直折磨到我重译完毕，我才恍然大悟：还是政治语言的毒素在作祟。毕竟，阶级斗争论的叫嚣伴随了我的前半生，更要命的是按照当时的阶级划分，我家的成分一直在“贫下中农”的行列，站在“低等阶级”的立场上思考问题，多年来潜移默化，已经深入骨髓了。潜意识里，我一直为“低等阶级感到满意”，而很难想到在统治阶级内心深处，什么时候都是“我们有我们的下等阶级要斗争”。在那些与人斗其乐无穷黑白颠倒的岁月里，分明下等阶级一边被戴高帽，一边在挨饿受苦，但是我们就是一直心甘情愿地受骗上当，眼见三十年间饿死斗死了那么多“低等阶级”，还是愿意相信政治谎言，而且相信到了潜意识里，真让我不寒而栗。

还是奥威尔一针见血：“政治语言被故意用于使谎言听起来像真理，使谋杀听起来令人肃然起敬。”

《动物农场》里的下等动物，始终在接受这样的政治谎言和欺骗。

二 你们不想让琼斯回来吧

动物们造反，就是造琼斯的反。琼斯是庄园农庄的农场主，因为酗酒，渐渐对农场疏于管理，最终导致动物们揭竿而起，一举夺得庄园农庄，改名动物农场，成立了史无前例的动物当家的乌托邦。建立乌托邦是一回事儿，维持乌托邦是另一回事儿。乌托邦即“无托邦”，没有任何依托为依据，统治者便可以随心所欲地重塑他们心目中的无托邦。理想一个个破灭，怪事、丑事和恶事一起又一起地发生。贫穷始终像恶魔一样挥之不去，定量配给成了习以为常的分配制度。每当下层动物们发生重大疑问而发出不同声音、而统治者又理屈词穷时，统治阶级强词夺理的最后一根稻草就是：你们不想让琼斯回来吧。重译《动物农场》伊始，我铆足劲儿要偏离一点严谨的翻译风格，打算把这句话翻译成：你们不想回到旧社会吧。这是我们最熟悉的一种幼稚可笑荒谬至极的逻辑。但是，等我重译完毕，反复阅读后定稿，还是改成了“你们不想让琼斯回来吧”，因为这是动物农场，动物和人不共戴天，琼斯这个人是动物们的天敌。奥威尔是要用他笔下的动物形象来揭示人类极权主义的恐怖、丑陋和罪恶，不只是新旧社会的问题。在动物农场这个社会里，动物是主要角色，人是配角，却不可或缺。

三匹有名有姓的马——博克塞、克洛弗和莫丽。莫丽是一匹年轻的牝马，爱捯饬，爱显摆，总忘不了在鬃毛上系一条彩带。动物农场走上集体道路后，她是集体活动中最爱迟到早退的主儿，干活儿也是磨洋工的时候多，卖力气干活儿的时候少，究其原因似乎主要是她吃不到她爱吃的一样东西——糖。中国古圣人说“食色性也”，把“食”放在第一位，无比正确。无论动物还是人类，从小挨饿而不得不觅食的主儿，一定比饱食终日的主儿要机灵得多，智慧得多。作者写莫丽的文字很有限，但是一个最有远见的问题却由她提了出来：造反之后还有糖吃吗？莫丽受不了苦，喜欢过甜蜜的日子，提出这个问题仅仅是因为她的胃，但是这个问题却是全书中最有远见的，类似鲁迅的“娜拉出走后怎么办？”莫丽是个现实主义者，看见造反后的日子每况愈下，定量配给都难以保障，吃糖成了奢望，便悄悄地溜之大吉，跑到别的农场去给人拉马车，从而过上了她有糖吃的甜蜜的生活，意味深长。

克洛弗也是一匹牝马，总是陪伴在博克塞的身边。在劳动中她拼力劳作，试图减轻博克塞的劳动强度；在生活上她关心博克塞的冷暖，尤其在博克塞的蹄子受伤之后。和她的名字克洛弗一样，在英语里是“苜蓿”，又称“三叶草”，她恨不得让博克塞吃下肚子变得更强壮，有一个健康强大的身体，顶得住繁重的体力劳动。她是作者心目中的下等阶级的贤妻良母，不过作品赋予她的另一项使命似乎更重要：她是在动物农场每次发生重大变故后，唯一一个使用记忆的角色。她是文盲，脑子也不是很好使，但是她有心，有记忆，每当遇到疑惑不解的问题，就求教驴子本杰明或者白山羊缪里尔，或者帮助她回忆过去的事实，或者到“七大戒律”前面求证。记忆是奥威尔追究极权主义实质的重要依据，在《动物农场》里只是通过克洛弗这个动物角色进行了比较浅层的探讨，在动物们的身上似乎也只能写到为止，而只有在《一九八四》一书里人成为角色后，才能系统地揭示。尽管如此，克洛弗这匹善良的母马，留给人的印象足够深刻的。正是这匹善良的母马，在动物农场发生触目惊心的“大清洗”之后，作者给她来了画龙点睛之笔：“克洛弗望着山坡，不禁泪水盈眶。如果她能讲出她的思绪，千言万语汇成一句话：他们多年前费尽艰辛推翻人类，他们追求的目的可不是目前的样子……他们盼到一个谁都不敢讲心里话的时代，那些凶猛的狂吠的猛犬横行，而你不得不目睹你的同志在坦白了莫须有的罪过后统统被撕成了碎片。”随着年龄老去，克洛弗的记忆也变成了碎片，尤其目睹博克塞被送往屠宰场之后。

就下层阶级而言，博克塞是作者着墨最多的一个形象：第一章写到动物们在一次秘密会议上粉墨登场，只对博克塞交代得最具体，描写也最多，用了大约一百零几个字。在六万字一部小说里，作者惜墨如金，这样刻画形象的篇幅算是很大了，而就这一百多个字来看，作者还有重点，那就是：他鼻梁上有一道白毛，他因此看上去有几分傻相，而实际上他也不是一流脑子。这匹身架高大到足有两匹普通马相加的个头与力量的大牡马，何止不具备一流智商，连把字母表认到 D 的智商都没有。他就知道干活儿，动物农场一半的活儿都是他干的，尤其在建设风车这样的超级工程中，他就是中流砥柱，而他也是在这项工程中被累垮的。

> 从早到晚，他拉啊，拽啊，哪里有最累的活儿，他就出现在哪里。他早和一只打鸣的公鸡达成协议，请他早上提前半小时叫他起来，赶在别人前面，把那些最需要力气的活儿自愿干完，赶在日常的活儿开始之前。

动物农场是集体农庄，集体农庄上的劳模就是这个样子。如今，年纪五十岁开外的人，只要在这样的生产形式下干过活儿的人，这样的形象是再熟悉不过的，是一种既让人爱戴又让人可怜甚至遭人憎恨的形象。在我心目中最接近博克塞似的人物，是我们村里的一个我应该叫叔叔的农人，在我们村做了多年劳模，干活儿真的是披星戴月，积劳成疾。他最著名的事迹是他一大早上地，睡眼惺忪，经常胳肢窝夹了一个扫炕的笤帚，到了地头才明白把笤帚误当成了小勾锄。在生产队和公社组织的劳模讲用会上，他一次又一次讲起这些个事实，把一个农民很丢人的事实讲成了光荣事迹。当然，他的讲用材料是地方御用文人舞文弄墨的结果。在小说中，博克塞这样的劳模，与其说干活儿卖力是特色，不如说“他鼻梁上有一道白毛，他因此看上去有几分傻相”更含意味。博克塞的座右铭是：“拿破仑一贯正确，我会更加努力干活儿。”博克塞这样的劳模悲剧的一面，是要大家一起跟他学得愚蠢起来，殉道般地听任统治者恣意摆布。

这样的形象之所以还受下层动物普遍尊重，劳动好是一个方面，品德底线是另一个方面。博克塞有良知，讲诚实，而正因这两点，在动物农场几个需要统一思想的场合里他表示了不同声音，便差一点成为大清洗的对象，多亏他力大无穷，眼见“三只猛犬……气汹汹扑来，用他的大蹄子迎住他们，在空中把一只猛犬踢中，一下子把他死死地踩在地上”。在一个控制脑力也控制体力的极权体制里，强有力的武力是一种绝对牵制，这也是独裁者必要时拉拢武夫的根本原因。博克塞不用独裁者拉拢，因他一生唯独裁者命是听，他最后走进了一辆前往屠宰场的货车，对上面“艾尔弗雷德·西蒙兹，马匹屠夫以及皮胶熬制人”的广告视而不见，不只是因为他不识字，更是因为他一辈子只会盲从。

关于劳模博克塞的结局，官方说用货车送他去养老院了，而民众根据货车上的广告而断定是把他送进屠宰场了。作者给出的说法是：“听说猪们不知从什么地方弄来一笔钱，又为他们自己购买了一箱威士忌。”读者很容易忽略这个细节，而译者是想方设法让译文突出这样的信息：辛劳一生的博克塞的血肉钱，为猪们换来了威士忌！

生活潦倒的琼斯到底没有回来，但是比琼斯更残忍的人还是回来过的。

三 确实，在争辩中，他们总是在充当墙头草

群众是多数，多数总是最难对付的，而统治者对付多数最好的办法就是愚弄加欺骗。绵羊、奶牛、猫、鸽子和成群的鸡与鹅是动物农场上的群众，猫喜欢独来独往，鸽子可以飞来飞去做哨兵，奶牛越多就越有统治阶级的奶喝，这样，鸡、鹅和绵羊这类多数就成了更低一级的基本群众了，而这三种动物又有区别：鸡与鹅可以下蛋，供统治者享用，而绵羊只有杀身才能成仁。就人类而言，猪羊任其宰割，在家畜中命是最贱的。如今猪做了统治

者，绵羊们不需要杀身成仁了，但必须为统治者服务，成为吹鼓手才算有了与压迫深反抗重相应的主人翁地位。于是，在动物农场宣传部长斯奎勒的专门指导和调教下，绵羊们成了群众动物中争先恐后充当墙头草的喽啰。每到群众性的阶级斗争大会或者领导互相倾轧的核心会议的关键时刻，绵羊们都会气势如虹地喊出：四条腿好，两条腿坏。这是政治形势的需要，因此在政治形势需要他们改换口径的时候，他们又会毫不犹豫地喊出"四条腿好，两条腿更好"的口号。这不是绵羊的脑子转弯快，而是绵羊任人宰割的天性决定的。群众在造反活动、游行示威、公审大会等场合确实声势浩大、势不可当，但是在分而治之的情况下，尤其利益相关之时，哪怕因为蝇头小利，他们又是最容易充当墙头草的。

奥威尔一生同情下等阶级，对动物农场的群众动物的批评，温和而有分寸，基本是幽默式的讽刺笔触。在星期天的群众大会上，宣传部长斯奎勒"用蹄子夹住一张长长的字条，给他们念出来一大串数字，表明每一级食物生产按照大好形势看来，都增加百分之二百、百分之三百或者百分之五百不等"；这样的形势报告做过，群众就得表态，一只母鸡因此会扯尖嗓子说：

在我们的领袖拿破仑同志的英明领导下，我六天下了五个鸡蛋。

奶牛们在饮水池边，一边大口喝水，一边由衷地赞扬说：

感谢拿破仑同志的英明领导，这水喝来是多么甜啊！

绵羊们在隆重的胜利大会结束时，则会咩咩地引吭高歌，合唱文人墨客精心修改过的《英格兰动物之歌》：

无父的动物们的朋友！
幸福的源头！
食桶的主！啊，我的灵魂会面临
大火，只要我注视您
安详的威严的目光，如同天空的太阳，
拿破仑同志！

在极权体制下生活过的人们，对这样的表达是耳熟能详的，但是对生活在英格兰这样一片自由土地上的奥威尔来说，能形象地准确地写出这样的文字，不能不令人叹服。在翻译过程中，我每每为奥威尔的精彩写作而暗自叫好，由衷赞扬他的天分，可等我把《动物农场》翻译完毕，几次通读定稿后，还只是想到了他的良心，一颗至诚至实的良心。

四 候选人只有一个，拿破仑，因此就一致当选了

一些动物的名字，在英文里是有含义的。比如前面提及的克洛弗，含义是“苜蓿”，博克塞是“拳击手”，重译时我倾向按这样的含义译出，但是推敲一段时间后，还是按照音译的惯例翻译出来了。主要原因是三头猪的名字，分别是斯诺鲍尔、斯奎勒和拿破仑。他们是动物造反的策划者和战斗者，造反成功后顺理成章地登上了领导岗位，随后自然而然地成了动物农场的缔造者。

斯诺鲍尔，Snowball，无论造反夺取政权还是其后捍卫政权，他都身先士卒；他又是七大戒律的起草人和风车工程的设计者，属于动物农场上有理想有干法的最高领导人之一。后来，在与拿破仑单挑的斗争中大败，被拿破仑定性为“卖国贼”（多么熟悉的欲加之罪啊）。但是“斯诺鲍尔”这个名字的英文含义是“雪球”，与他的头脑、经历和结局似乎不怎么能连接上，不如一个正常的名字更像一个符号，更有代表性。在拿破仑成为独裁者后，动物农场的阶级斗争随之开始，“只要破坏活动发生了，十之有九会归罪斯诺鲍尔”。连老实巴交的奶牛们都会表态说：“斯诺鲍尔悄悄溜进了她们的牛圈，在她们睡觉时把她们的牛奶挤没了。”然而，斯诺鲍尔被驱逐出了农场后，是生是死都早是个问题了。

斯奎勒，squealer，英文词根等于汉语的“哇哇叫”“尖声叫”“号叫”等意；加了 er，名词化，相当于汉语里的“尖叫的动物”，俚语里有“告密者”的意思。他陪伴在拿破仑左右，上蹿下跳，叽哩哇啦，在翻译过程中一直给我被阉割的“公公”形象。很想送给他一个“娘娘腔”的名字，但是他的言行是纳粹政权里的戈培尔式的，一个很独特的角色，巧舌如簧、颠倒黑白是他的拿手好戏，他始终如一的基调是：

> 正是为了你们的利益，我们才喝牛奶，吃那些苹果。你们知道，如果我们猪猡对你们玩忽职守，会发生什么情况吗？琼斯会回来！是的，琼斯会回来！千真万确，同志们。

特供怎么建立的？特权怎么产生的？腐败怎么发生的？这就是理论基础。在极权主义社会里，这样的宣传部长式的角色，在古今中外的历史上确实是史无前例的。审查书籍的刀笔吏有的，审查作品的内务大臣有的，但是企图控制、指挥、统一、支配人的思想的宣传部长，却是二十世纪纳粹政权才发明出来的。名叫宣传部长，实际上是传声筒。什么领袖讲话啦、二百五方针啦、各种指示啦、红头文件啦，五花八门，而中心只有一个：我说好就是好，不好也好；我说坏就是坏，不坏也坏。你们敢不听吗？……剿灭自由思想的方式方法无所不用其极。然而，但凡有一分真诚，是人就相信，思想是控制不了的。控制思想的结果，只能是双重思想泛滥成灾。动物农场这个动物社会，最后一步步走向堕落，宣传部长斯奎勒心知肚明，所以他狐假虎威，后来不得不随时带着两条猛犬出入各种宣传场合。这样一个人物，称他“娘娘腔”或者“尖嗓子”都不合适，只能叫他“斯奎勒”。

当然，所有动物的名字按照发音翻译成汉字，主要参照物还是“拿破仑”这个名字。这个名字，嗨，怎么说呢，不管法国那个小个子皇帝在法国历史上发挥过什么有益的作用，但是在自由知识分子的心目中，他只是一个专制者，一个风光一时的皇帝。奥威尔用这个名字的用意，这点是很清楚的。动物农场上的这个拿破仑，奥威尔描写他的形象，使用的文字与描写劳模博克塞的字数相当，说他“体格硕大，长相狰狞”，“平素不大爱说话，但是以凡事自有主张而出名”。创建动物农场初期，他对斯诺鲍尔的各种计划和各种委员会没有兴趣，只说“教育青少年比给那些成年人干任何事情都重要”。他从娃娃抓起的教育，就是豢养那九条猛犬，为他日后驱逐斯诺鲍尔、独揽大权打下了军队加警察的坚实基础。关于修建风车的投票大会，是拿破仑和斯诺鲍尔你死我活的关键战役，斯诺鲍尔滔滔不绝地讲了大半天修建风车的光明前景，广大动物都被动员起来了，但是拿破仑一句“瞎扯淡”就否定了，随着他“扯尖嗓门儿一声怪叫”，九只猛犬一起扑向斯诺鲍尔，斯诺鲍尔只得落荒而逃，从此在动物农场上消失。拿破仑的专政从此拉开了序幕。斯诺鲍尔被驱逐的第三个星期日，拿破仑出尔反尔，宣布修建风车。要修就要大跃进，加班加点，谁缺席把谁的“食物配额减掉一半”。他的一项新政策是“动物农场要和邻近的农场进行贸易活动”。紧接着他带领猪们住进了琼斯的农场住宅，放风说这是“领袖”的工作需要。住上了人的住宅，就要睡人的床，在人的厨房进食，在人的客厅接待客人。为了显示动物农场的富足，他下令弄虚作假，用沙子装满粮仓。为了和外界进行贸易，他下令把母鸡的蛋统统收缴，连孵小鸡的蛋也不留……群众不服吗？召开群众大会，他带着九条猛犬主持会议，只要他“扯尖嗓子叫了一声”，那些猛犬就向特定目标扑去，拉出来示众，在他们坦白了“罪过”之后，那些猛犬就“立即把他们的喉咙咬断”……四只有独立看法的猪死了，三只试图护蛋闹事的鸡死了，一只隐藏过一穗玉米的鹅死了，一只往水池里尿过尿的羊死了，另两只谋杀了“特别忠于拿破仑的老公羊”的羊也死了……“就这样，坦白和处决的故事整了一起又一起，后来一堆尸体摞在了拿破仑的蹄子旁，空气里充满了血腥味儿。这是自从赶走琼斯后闻所未闻的。”……大清洗之后，拿破仑树立了自己的绝对权威，却也让他感到风声鹤唳，“四只猛犬夜间守卫在他的床边，每个床角一只猛犬，一只名叫品克耶的小猪被委以重任，负责品尝拿破仑吃的所有食物，生怕食物里有毒”……

说来真怪，翻译拿破仑的这些行径，手指在键盘上敲字异常流畅，心里老有不吐不快的感觉。更觉奇怪的是，拿破仑这个形象，我没觉得可气可恨，还觉得他直接而专横得可爱。他就是一只大权独揽的伯克郡大公猪，兽性即本性，如同动物世界里的狮子逮住猎物一口咬断喉咙那样痛痛快快，无须人的花花肠子弯弯绕，只要一副造反者大获成功的形象，打下江山就要独享江山，杀害同类就要亲临现场，寡人御榻岂能容他人打瞌睡，我是流氓我怕谁？于是乎，“到了四月份，动物农场宣布成立共和国，这下很有必要选出一位总统。候选人只有一个，拿破仑，因此就一致当选了”。于是乎，“地契虽然在他的名下，但是为猪们所共同享有”。于是乎，“小猪全是黑白花斑，因为拿破仑是农场上唯一的种猪，大家很容易猜出来谁是小猪的父亲”。于是乎，“原来一只猪站在后腿上行走了”……

猪乎？人乎？

人乎？猪乎？

苏福忠

二〇一三年九月于太玉园二人居

出 品 人：许　永
出版统筹：林园林
责任编辑：许宗华
特邀编辑：林园林
装帧设计：海　云
印制总监：蒋　波
发行总监：田峰峥

投稿信箱：cmsdbj@163.com
发　　行：北京创美汇品图书有限公司
发行热线：010-59799930